Simone Hirth

Lied über die geeignete Stelle für eine Notunterkunft

Für M.

Wie beneidenswert
werden Ahornblätter schön,
eh' sie untergehn.
Kagami Shiko

Ich hab’s überlebt.
Es ist das Jahr 2016.
Das Haus, in dem ich bis jetzt gewohnt habe, ist mit ohrenbetäubendem Getöse in sich zusammengestürzt. Ich saß im Keller und hielt mich an einem toten Maulwurf fest. Danach hing die Abrissbirne reglos über mir. Danach war es still.

Arschbombe. Ruft ein dicker Bub in meinem Traum und springt vom Beckenrand. In dem Becken ist aber kein Wasser. Es ist bis zum Rand voll mit Staub. Ein dumpfes Geräusch.
Ich muss husten.

Mein Lieber,
ich sagte Nein zur Veränderung. Ich sagte Adieu zu den Leuten. Heute habe ich einem Schulkind, das gedankenverloren im Dreck spielte, seinen Bleistift aus dem Ranzen geraubt. Heute habe ich den 150. Backstein aus den Trümmern geklaubt. So langsam lässt es sich anfangen.

Ich weiß, dass diese Postkarte vielleicht nie ankommen wird. Sie ist nur ein Stück alter Karton, von dem ich in den Trümmern eine Menge fand. Sie entspricht nicht der Normgröße und ich habe auch gar kein Geld, eine Briefmarke zu kaufen. Aber solange ich jemandem Postkarten schreibe, habe ich das Gefühl, noch da zu sein, und solange ich regelmäßig den Keller verlasse und zum Postkasten gehe, um meine Karten einzuwerfen, gibt es einen Weg für mich in die Welt.

Nun hör endlich auf, mit dem Dreck zu spielen. Rief früher einmal eine Mutter, die ich im Park beobachtete, ihrem Kind zu.
Sie rief: Mit dir hat man nichts als Ärger und schmutzige Wäsche. Das war, als ich noch Freude daran hatte, einfach so in den Park zu gehen und unter einem Baum zu sitzen.

Die Mutter rief: Du folgst mir jetzt, aber sofort.
In der Baumkrone über mir sammelten sich damals die Zugvögel zum Abflug. Wild flatterten und kreischten sie durcheinander, immer lauter wurde ihr Kreischen. Dann verstummten sie, abrupt. Saßen von einem Moment zum anderen völlig reglos im Geäst.
Schwarz war die Baumkrone vor Vögeln.
Jetzt sitze ich im Keller und sage: Zukunftsfähigkeit. Und: Trümmer. Trümmer. Trümmer.
Jetzt müssten die Vögel längst wieder zurückgekehrt sein. Aber es ändert nichts. Zu meinem Schuster sagte ich einige Male: Ich liebe dich.
Das war, als ich noch Geld hatte, meine Schuhe in die Reparatur zu bringen, wenn etwas an ihnen kaputtgegangen war.

Früher also, bevor es zu diesem ganzen Schlamassel hier kam, sagte ich oft und zu jedem, der fragte: Nein, danke, ich will nichts mehr. Wirklich nichts von all dem will ich noch haben. Wenn eine Flut käme, ich müsste mich doch darum sorgen. Ich müsste doch all das zusammenpacken und versuchen, es zu retten. Ich bräuchte ein Boot, um es wegzuschaffen, ich müsste mir Gedanken machen, wohin damit und ob auch genügend Platz dort wäre, ob die Sicherheit tatsächlich gewährleistet wäre und was, von all dem, ich dann also wo wieder hinstellen würde an diesem Zufluchtsort. Und am Ende würde ich doch nur unendlich traurig sein über alles, was ich nicht hätte retten können. Ich will das alles nicht. Nichts mehr. Bitte keine Geschenke. Die Flut kommt.

Und ja, doch, ich habe es kommen sehen. Es kamen schließlich auch Briefe, deren Umschläge wöchentlich die Farbe wechselten. Blau, grün, gelb. Ich nahm die Briefe zur Kenntnis und nahm Kamille und Baldrianwurzel dagegen. Meine Großmutter hatte bis zu ihrem Tod schier unendliche Vorräte an getrockneten Kräutern angelegt, und ich dankte es ihr nun. Wenn es an der Tür klopfte, hielt ich den Atem an und rührte mich nicht. Ich verabschiedete mich stumm von den Dingen, die mich umgaben.
Adieu Erbstücke.
Lebt wohl.

Nun aber muss es weitergehen, und so schreibe ich mit dem Finger in den Staub zu meinen Füßen:

ANLEITUNG ZUM WIEDERAUFBAU:

1. DEN STAUB SICH LEGEN LASSEN

Ich sagte einmal zu meiner Apothekerin: Ich glaube an die allumfassende Revolution.
Ich habe nun zunehmend starken Haarausfall. (Mangelernährung)
Ich kann mir schon lange keine Vitamintabletten mehr leisten.
Ich kauere im Kellerversteck, betrachte den toten Maulwurf und zähle die Löcher in meinem Rock. (3)

Lange lausche ich dem hellen Dreiklang der 3 Ziegel, die nacheinander von dem Schutthaufen über mir herunterrutschen und dann im Hof auf das Pflaster fallen. Ein kurzes, vollkommenes Glockenspiel.

400 Millionen Kubikmeter Schutt. Fallen mir ein. Und ein Lob des Geschichtslehrers für diese korrekte Zahl. Später habe ich ihn geküsst, aber es war hoffnungslos. Mein Vater war Fleischer, und Geschichtslehrer wollen nun mal keine Fleischertöchter. Auch nicht, wenn diese dünn und zerbrechlich ausschauen. Mein Vater sagte oft zu mir: Du schaust aus, als ob du beim nächsten Windhauch auseinanderfällst. Da, iss ein Stück Blutwurst, dass hält die Knochen zusammen.
Ich habe immer gerne Blutwurst gegessen. Ich bin trotzdem nie dicker geworden. Aber ich bin eben auch nie ganz zerbrochen. Mit der Zeit aß ich mehr und mehr Blutwurst und habe dafür immer weniger gesprochen.

Wenn ich also ab jetzt mit gar niemandem mehr spräche. Denke ich.
Also nichts mehr, kein Wort.

In der Schule habe ich 2 Fremdsprachen erlernt, die zu Hause keiner verstand. Als mein Vater an einem Herzschlag starb, habe ich die Schule verlassen. Ich war alt genug. Beim Frühstück und nach Feierabend schrieb ich anfangs noch die Übersetzungen von allen möglichen Wörtern in kleine Vokabelhefte, die ich unter meiner Arbeitsschürze mit mir herumtrug. Schließlich versuchte ich, das Wort »Herzschlag« in meine 2 Fremdsprachen zu übersetzen. Es ergab in diesen Sprachen einen völlig anderen Sinn. Von da an ließ ich das Übersetzen sein und bekam überhaupt einen großen Zweifel an allen Wörtern. Meine Vokabelhefte legte ich auf den Schreibtisch meiner Mutter, wo sie schnell unter den anderen Heften und Mappen der Buchhaltung verschwanden. Als meine Mutter an ihrem Kummer starb, habe ich ein Bettlaken über die Papierstapel geworfen und nicht mehr darunter geschaut.

So nicht. Habe ich dann eines Tages gedacht. Viel später war das. Ich höre jetzt auf, dachte ich. Eines Tages hörte ich auf: Ich mache zu, sagte ich, die Fleischerin, ich schneide keine Schweine mehr auf und wickle keine Wurst mehr in Papier. Feierabend, sagte ich, ich mache für immer Feierabend und ich lasse mich von mir scheiden. Die Kosten des Verfahrens trägt meine Vergangenheit.

Nur meine blutige Schürze behielt ich an, weil ich ahnte, dass ich sie noch brauchen würde. Blut bindet Staub.

Ich werde mir auf keinen Fall umfassende Informationen über Vorsorge- oder Versicherungsbeiträge einholen, sagte ich.

Auch mein Guthaben und die Zusatzleistungen interessieren mich nicht.

Ich persönlich leiste des Weiteren gar nichts mehr, außer erst einmal ordentliche Trauerarbeit, sagte ich. Und ja, ich habe Fremdsprachenkenntnisse.

Ich wartete die Zusagen gar nicht erst ab.

Ich bewarb mich sozusagen rückwärts.

Ich aß die verderblichen Wurstwaren zuerst. Den Rest lagerte ich ein.

2. SICH DIE AUGEN REIBEN

Meine Großmutter spielte manchmal »Mensch-ärgere-dich-nicht« mit mir. Sie sagte zu dem Spielfeld, in das man seine Kegel am Ende bringen muss, aber nicht Ziel, sondern Loch. Ich stellte mir immer eine Art Erdbunker vor. Ich dachte: Es ist eigentlich eine Luftschutzübung.

Und wenn ich von nun an auch niemanden mehr küsste, weil alle im Krieg oder so sind. Denke ich jetzt.

Ich las einmal, dass Judas möglicherweise gar kein Verräter war, sondern einfach nur an ADHS erkrankt. Es gab damals noch keine Tabletten dagegen.

Ich hatte eine einzige Freundin in der Schule, die war sehr dünn und sehr groß, sogar größer als die Buben in unserer Klasse, und sie musste in jeder Pause Tabletten gegen ADHS einnehmen. Ich war die Fleischertochter. Das machte uns vorübergehend zu Freundinnen. Wir saßen in der großen Pause und im Schulbus nebeneinander und spielten meist »Ich sehe was, was du nicht siehst«. Die Mutter meiner Freundin hatte gesagt, das sei gut für die Konzentration. Einmal sagte meine Freundin im Schulbus: Ich sehe was, was du nicht siehst, und das ist rot.

Ich sagte: Der Schal von dem Jungen da. Die Tasche von dem Mädchen dort. Die Nase vom Busfahrer. Meine Brotdose. Deine Haare.
Meine Freundin schüttelte bei allem den Kopf. Sie sagte: Der Notfallhammer da oben.
Es stimmte, er war rot. Ich sagte nichts mehr. Ich dachte nur noch: Notfallhammer. Was für ein Wort. Notfallhammer. Notfallhammer.
Ich konnte nichts mehr sagen. Meiner Freundin wurde es dabei schnell langweilig, sie sah mich auffordernd an, dann verachtend, dann verunsichert, dann ängstlich. Aber ich sagte auf dieser Fahrt im Schulbus nichts mehr.
Wir haben danach nicht mehr miteinander gesprochen. Sie ging mir aus dem Weg.

Wenn nicht, dann nicht. Sagt ein junger Mann zu seiner Freundin.
Die beiden haben sich hier in den Hof verkrochen, um etwas zu bereden.
Ich will eben nicht immer die Letzte sein, die von deinen Geschäftsreisen erfährt. Sagt die Freundin.
Dir kann man es echt nicht recht machen. Ich soll Geld verdienen, ich soll mehr Zeit mit dir verbringen, ich soll mehr karierte Hemden tragen, weil dir das gefällt, und dann soll ich wieder gestreifte Hemden tragen, weil dir das doch besser gefällt, ich soll das Bad gründlicher putzen, ich soll es eigentlich doch lieber dich machen lassen, ich soll auch öfter was einkaufen, aber ich soll die Bio-Sachen kaufen und nicht das ungesunde Zeug, ich soll dich öfter überraschen, ich soll aber auch immer

alles vorher mit dir besprechen. Ich soll, ich soll. Naja. Schluss jetzt. Sagt der junge Mann.
Also fliegst du oder nicht? Fragt die Freundin.
Ich will jetzt nicht mehr drüber sprechen. Sagt der junge Mann.
Ich sitze hier unten und denke an die bucklige, alte Bäuerin, die ich früher immer beobachtete, wie sie täglich einen Sack Kartoffeln quer über den Marktplatz schleppte, selbst wenn dort kein Wochenmarkt war, selbst wenn dort nichts war. Gebückt ging sie, unter dem schweren Sack, und sehr langsam. Sie hatte rote Wangen und kurzes, zerzaustes, graues Haar. Sie sah niemals auf. Sie ging, trotz der Anstrengung, sehr zielstrebig. Sehr konzentriert. Und sie ging immer mitten über den Platz. Ich fragte mich oft, wohin sie wohl ging, mit ihren Kartoffeln, und manchmal wünschte ich mir, es gäbe kein Ziel, sie ginge nur so über den Marktplatz, oder gerade, weil kein Wochenmarkt war. Gerade, weil dort nichts war.
Es ist nichts, sage ich jetzt. Ich sage es ganz leise.

Ich saß einmal auf einer dicken, alten Mauer neben dem Fluss, betrachtete eine Birke, knackte Nüsse und warf die Schalen ins Wasser, dessen Pegel schon beträchtlich gestiegen war. Ich sagte: Ich mache bei diesem Zirkus nicht länger mit. Ich will auch keine Bratwurst mehr. Im Ernstfall würde ich mir mit meinem Bruder ein billiges, weit vom Fluss entferntes Zimmerchen mieten, 4 Tage lang dort mit ihm küssen und so laut lachen danach, dass die Nachbarn denken würden: Das ist sie, die Katastrophe, jetzt ist sie da. Ich hätte keine Zeit mehr, fremde Sprachen zu erlernen. Ich sagte: Flut.

Im Traum sitze ich in einem hellen, sauberen, angenehm klimatisierten Übersetzerbüro. Ich sitze vor einem Bildschirm, der mir in großen Ziffern anzeigt, welche Summe an Geld ich schon verdient habe. Mit jedem Wort, das ich übersetze, ändern sich die Ziffern und die Summe wird größer. Ich darf aber nur Wörter übersetzen, die mit Not beginnen. Notenschlüssel. Notenständer. Notiz. Notschlachtung. Notar. Notorisch. Notgroschen. Notanker. Notdurft. Notnagel. Notruf. Notwehr. Notausgang. Notwendigkeit. Dann fallen mir keine Wörter mehr ein. Mir fallen auf die Schnelle keine Wörter mehr ein. Ich beginne zu schwitzen, ich weiß, ich muss mehr Wörter übersetzen. Die Geldsumme auf dem Bildschirm beginnt zu blinken, dann ertönt ein Piepsen, ich schwitze, ich denke angestrengt nach, mir fällt aber einfach nichts ein. Das Piepsen wird lauter, ich merke, ich schwitze nicht nur, ich bekomme auch meine Menstruation, Blut fließt aus mir heraus, an meinen Beinen hinunter, vermischt sich mit dem Schweiß, sodass sich eine Lache unter meinem Bürostuhl bildet, hellrosa zuerst, dann immer dunkler, immer größer, die Geldsumme blinkt schneller, ich denke: Not – Not –, ich denke: Tampon, das Piepsen wird lauter, warum habe ich denn nie einen Tampon dabei, wenn ich einen brauche, dann fällt mir ein: Ich kann mir Tampons nicht mehr leisten, mir fällt ein: Bei meinem letzten Einkauf stellte ich sie ins Regal zurück, weil ich dachte: Nur das Allernotwendigste, und nur, wenn ich es wirklich, wirklich ganz dringend brauche. Ich denke: Not –, ich denke: Blut –, ich blute wie ein Schwein, und das Piepsen wird lauter, die Geldsumme blinkt, der Bildschirm beginnt zu qualmen, ich lege den Kopf auf den Tisch, ich kann nicht mehr denken und schließe die Augen, und es knallt. Es riecht nach verbranntem Kunststoff. Ich merke zuletzt, wie jemand ein Bettlaken über mich wirft. Es ist mein Geschichtslehrer, ich erkenne es an der Stimme, denn durch das Bettlaken höre ich gedämpft, wie er sagt: Notre-Dame. Sie hätte doch einfach Notre-Dame übersetzen können. Oder schwanger werden. Ganz einfach. Dann bräuchte sie auch keine Tampons.

Ein gelber Umschlag also schließlich. Ich weiß schon nicht mehr, wie lange es wirklich her ist, dass er kam. An welchem Punkt genau ich mich befand, als er da war. Ob das Einkaufen von alltäglichen Dingen noch Routine war oder schon ein Spießrutenlauf. Ich weiß nur noch, der Umschlag war so gelb, dass ich ihn im Briefkasten ließ. Es erschien mir absolut unmöglich, ihn herauszuholen und zu öffnen.

Ich erinnere mich an den Weg zur Beratung, immer am Fluss entlang, der immer in die entgegengesetzte Richtung floss. Ich erinnere mich an die Frage: Beruf?
An den Micky-Maus-Wecker auf dem Beraterinnenschreibtisch.
An meine schnelle Antwort: Fleischerin.
An die schrille, kleine Stimme in meinem Magen: Lüge.
Ich erinnere mich nicht mehr, was die Beraterin danach noch gesagt hat.
Ich erinnere mich dann nur noch an den Rückweg von der Beratung. Ich kam am Flussufer an einer Sitzbank vorbei, auf der ein Mädchen mit seiner Mutter saß.

Das Mädchen sagte: Ich will aber, dass alles so bleibt, wie es ist.
Die Mutter sagte: Ich will, ich will, der Willi ist aber gestorben.
Am liebsten hätte ich das Mädchen auf der Stelle adoptiert.
Ich dachte aber: Aber. Aber.

Manchmal bete ich, obwohl ich nicht getauft bin, nie in die Kirche gehe und die Geschichten aus dem Religionsunterricht nie richtig verstanden habe. Den Religionsunterricht besuchte ich auch nur, weil er auf dem Stundenplan stand und es gar kein Thema war, ob ich ihn besuchen wollte oder nicht. Es war wie mit Mathematik: Ich hatte das Gefühl, es könnte interessant sein, es könnte mehr dahinter stecken, aber mir fehlte das logische Denken. Ich kam einfach nicht dahinter, was es war. Ich mochte die Kirche in der Nähe unseres Hauses, weil ihre Turmglocke regelmäßig und sehr zuverlässig jede Viertelstunde schlug. Ich mochte die Kirche genauso gern wie die Feuerwehrwache, deren Sirene regelmäßig und zuverlässig jeden Samstag zu Mittag den Probealarm ausrief. Das beruhigte mich, aber ich konnte nie erklären, weshalb.
Nun bete ich also: Ich danke Gott, oder wem immer, der sich die Schlüsselblumen und das Sumpf-Vergissmeinnicht ausgedacht hat.

Bombardierung, schreien die Buben, die jetzt oben auf dem Trümmerhaufen herumtoben, und bewerfen die kichernden Mädchen mit Kastanien.

Wer als Letztes beim Kaugummiautomaten ist, ist ein Vollidiot, schreien die Mädchen und laufen los.
Ich gähne und strecke mich, so gut es hier unten geht. Bald, sage ich zu dem toten Maulwurf, bald.

Mein Lieber,
ich brauche keine Physiotherapie. Ich packe an, ich trainiere mich, es muss zu schaffen sein. Dazwischen schlafe ich viel auf dem leeren Kartoffelsack in meinem Kellerversteck, setze alles auf diesen überlangen, gewissenlosen Schlaf. Ich träume ernst und habe ein wenig hoffnungslose Sehnsucht nach Dir, was mir genügend Antrieb ist. Schwieriger wird es nur zunehmend, die guten Backsteine zu finden. Die ganzen, die nicht zerbrochen sind.

PS: Heute träumte ich sogar, man könne Backsteine essen. Ich biss in einen hinein, und das Beste war: Es half.

Als ich mit ein paar meiner letzten Geldmünzen zum Bäcker ging, um ein Brot zu kaufen, fragte mich die Verkäuferin: Darf es sonst noch was sein, ein Getränk vielleicht oder ein Muffin?
Ich überlegte kurz, warum ich beim Bäcker ein Getränk kaufen sollte und weshalb es Muffin hieß anstatt Küchlein oder ein Stück Gugelhupf.
Da ich mir nichts davon leisten konnte, sagte ich: Nur ein Hausbrot bitte, das ist alles.

Als ich das Hausbrot einige Tage später aufgegessen hatte, blieb mir nur noch eine alte Packung Zwieback, die ich im hintersten Winkel eines Kastens fand. Ich aß jeden Tag genüsslich und langsam eine Scheibe davon und dabei dachte ich daran, wie meine Großmutter einmal erzählt hatte, dass sie meinem Großvater per Feldpost ein kleines Paket voll Zwieback geschickt habe, das Einzige, was es zu verschicken noch gab.
Sie hatte aber nie erfahren, ob das Paket wirklich angekommen war. Ich stellte mir nun bei jeder Scheibe Zwieback, die ich feierlich aus der Packung nahm, vor, ich nähme sie aus dem Paket meiner Großmutter. Wenn ich alle Scheiben gegessen habe, dann kommt darunter vielleicht eine Feldpostkarte zum Vorschein, auf der steht:

Mein Schätzle,
ich hoffe, es geht Dir gut und wir sehen uns bald wieder. Vom Zwieback wirst Du nicht fett, aber Du verhungerst auch nicht. Und mehr darf man im Moment wohl nicht hoffen.

Es kam dann natürlich keine Postkarte hervor, sondern eine tote Lebensmittelmotte. Ich hielt mich schließlich an die Einweckgläser und lutschte hin und wieder ein paar Nudeln oder einen Löffel voll trockenen Grieß.

PPS: Wenn ich das hier überlebe, dann werde ich die Berufsfrage vielleicht endlich klären und einen Ratgeber schreiben. Hier eine Sammlung an möglichen Titeln:
Der Krisenherd
Bitte die Wildvögel ausschließlich im Winter zu füttern.
Darf's ein bisschen Teer sein?
Trennkost für Dummies
Nur ein Stück Mäusekot bitte, das ist alles.
Oder einfach:
Das ist alles.

Eine vergilbte Zeitungsseite in der Ecke meines Kellerverstecks:
Mercedes ging in Flammen auf
Promi-Damen sprechen über ihre Vagina
Attentat auf Sushi-Bar
Erben und Schenken wird teurer

Ein Mann torkelt in den Hof, steuert auf den Trümmerhaufen zu, lässt sich plump auf eine geeignete Stelle fallen, bleibt reglos, in sich zusammengesunken dort sitzen. Ich klettere aus meinem Kellerversteck hinauf und setze mich eine Weile zu ihm. Ich sage: Wir könnten »Ich sehe was, was du nicht siehst« spielen.
Der Mann grunzt. Er riecht nach Alkohol, Schweiß und Urin. Seine Augen sind nur noch halb geöffnet.
Ich sage: Ich sehe was, was du nicht siehst.
Der Mann hustet.
Ich sage: Und das ist grün.
Der Mann nimmt kurz meine Hand und lässt sie wieder

los. Er kann nicht mehr sitzen, lässt sich nach hinten fallen, sein Kopf schlägt dumpf auf einem Holzbrett auf. Er schläft.
Ich rücke das Holzbrett ein wenig zurecht, damit sein Kopf stabil darauf liegen kann.
Ich sage: Es ist ein Wald. Hoch und dicht gewachsen und ganz dunkelgrün, fast schwarz.
Der Mann schnarcht.
Ich klettere zurück in mein Kellerversteck.
Es ist ein Wald voller Brüder und Schwestern, denke ich, und so dicht und dunkel wächst er, dass man sie kaum sieht.

Kein Beruf also, keine Beratung, keine Briefe mehr. Der Schlüssel für den Briefkasten verstopfte den Abfluss, in den ohnehin kein Wasser mehr floss. Von einem Tag zum nächsten kam einfach kein Tropfen mehr aus dem Hahn. Das war zu erwarten gewesen, denn auch das Licht und die Steckdosen funktionierten da schon eine ganze Weile nicht mehr. Aber als es mit dem Wasser so weit war, zuckte ich doch gehörig zusammen. Ich holte dann Schnee herein. Als es Frühling wurde und der Schnee draußen taute, bereitete mir das zum ersten Mal Sorgen.

Mein Bruder war schon immer viel unterwegs und also sehr oft woanders. Auch in diesem Frühling war er gerade nicht da.

An einem der ersten warmen Tage spielten die Nachbarskinder im Hof »Reise nach Jerusalem«. Dann gab es auch keine Nachbarskinder mehr. Eines Morgens erwachte ich in Jerusalem und rief verunsichert: Ist da noch jemand?

Es kam keine Antwort. Ich hatte, ganz kurz noch und sehr leise, die Stimme meiner Großmutter im Ohr, wie sie einmal sagte: Ich werde auf keinen Fall meine Strickjacke hergeben. Auf keinen Fall gebe ich meine Strickjacke her.
Sie war da schon sehr alt gewesen.
Sie hatte ihre Strickjacke tatsächlich bis zum Schluss getragen.

Ich werde hier nicht bleiben können.

3. BLINZELN

Es ist mir immer ein Leichtes gewesen, spätabends auf die Feste fremder Leute zu gehen und dort wie zufällig meine Wohnungsschlüssel zu verlieren, während ich tanzte oder zumindest so tat. Ich konnte dann sagen: Sie waren einfach plötzlich weg. Keinen Schlüssel mehr für nichts. Alles auf Null. Ich mochte dieses Gefühl, dass alles offen war. Bis dann wirklich alles offen war. Da wusste ich plötzlich nicht mehr: Wo fängt die Offenheit an und wo hört sie auf? Und wenn man rückwärts gezählt hat, bis man bei der Null angelangt ist, welche Zahl kommt dann? Es machten mir die Feste und auch das Verlieren der Schlüssel bald sogar Angst. Von da an blieb ich abends lieber zu Hause, ging zeitig schlafen, begrüßte morgens die Elstern und führte zum Frühstück Selbstgespräche über das Ausbleiben des Rauches aus einem Schornstein, aus dem sonst täglich Rauch aufgestiegen war. Überhaupt schätzte ich die frühen Stunden des Tages immer mehr. Vielleicht, weil ich fürchtete, etwas Wichtiges zu verpassen, wenn ich sie verschlief. Auch wenn ich nicht genau wusste, was das Wichtige hätte sein können. Ich ging auf kein Fest mehr. Ich tanzte nicht mehr.

Eines Tages ging ich gar nicht mehr hinaus. Ich saß in der Wohnung und unterhielt mich mit dem Kachelofen oder mit dem Küchenherd. Ich konnte beide nicht mehr anheizen, denn die Kohlen im Keller waren schon vor längerer Zeit feucht geworden. Der Hausmeister hatte gesagt: Das liegt an der alten Substanz. Die ganze Bude ist ja bald schon so nass, dass sie wegschwimmt.
Ich mochte den Ausdruck »alte Substanz« auf der Stelle und war überzeugt, dass es daran nicht liegen konnte. Ich schrieb es der Flut zu. Eine neue Ladung Kohlen konnte ich mir nicht mehr leisten.
Der Kachelofen war moosgrün und ich kannte jeden einzelnen Riss in jeder einzelnen Kachel ganz genau. Wenn ein neuer Riss dazugekommen war, hatte ich das jedes Mal sehr schnell bemerkt. Immer war mir dann dieser eine Laut entwichen: Ach. Und dann lange kein Wort mehr. Als hätte es nur das und dann nichts mehr zu sagen gegeben.
Die Herdplatte des Küchenherds bestand aus 3 verschieden großen, gusseisernen Ringen, von denen der

kleinste genau in den mittleren und der mittlere genau in den großen Ring passte. Als Kind hatte ich, wenn der Herd kalt war, Engel damit gespielt. Die Ringe waren mein Heiligenschein, und der war entweder klein, mittel oder groß, je nachdem, wie viel Heiligkeit ich gerade für angebracht hielt. Einmal hatte ich nicht daran gedacht, dass der Herd noch heiß sein könnte und mir am großen Heiligenschein die Hand verbrannt. Von da an hatte ich nur noch sehr vorsichtig Engel gespielt und dabei jedes Mal Gott gedankt, oder wem immer, der den Beinwurz und die Ringelblume erfand.

In den letzten Tagen vor dem Abriss des Hauses sagte ich öfter zu meinem kalten Kachelofen und zu meinem kalten Küchenherd: Ich weiß, mir fehlt die Bewegung und die frische Luft, und ich werde nicht jünger. Aber ihr ja wohl auch nicht, ich habe euch trotzdem noch gern.

Ich sagte zu ihnen: Ich will in den Tautropfen hinuntersinken und mich mit der letzten Asche vermischen.

Sie schwiegen.

Ich hätte Yoga machen können, wenn ich schon nicht mehr nach draußen ging, aber ich fühlte mich zu schwach und mir fielen die Übungen aus dem Kurs, den ich einmal belegt hatte, einfach nicht mehr richtig ein. Ich wusste nur noch: Sie waren kompliziert, ich hatte schon während des Kurses ständig das Gefühl gehabt, etwas falsch zu machen dabei, etwas Wesentliches daran nicht verstanden zu haben. Ich hatte ständig die Namen der einzelnen Übungen durcheinander gebracht oder leise lachen müssen, weil ich fand, dass es lustige und

für Gymnastikübungen seltsame Namen waren. Die Yogalehrerin hatte mir ihre Hand auf den Bauchnabel gelegt und gesagt: Du bist nicht richtig dabei. Du spürst dich nicht. Da musst du dran arbeiten.
So konzentrierte ich mich, während ich in der Wohnung saß, nur noch auf mein Herzklopfen. Und hatte das Gefühl, dass auch dieses mit der Zeit immer leiser wurde.

Das Klopfen an der Tür wurde hingegen lauter und erfolgte bald täglich, bald ein Rufen dazu, eine sachliche Männerstimme zuerst, dann auch die besorgte Stimme des Hausmeisters. Schließlich ein Treten, ein Trümmern, da war ich schon am Fenster, ein Trampeln, da war ich schon hinaus, noch ein Rufen, und da war ich weg.

Bei Regen reicht eine Plastiktüte, um sich wenigstens die Frisur zu erhalten, denke ich jetzt. Das bewies mir diese lächelnde ältere Dame, die ich einmal in der Innenstadt sah. Als ich noch Freude daran hatte, einfach so durch die Innenstadt zu spazieren. Als das Wort Frisur noch eine Rolle für mich spielte. Schon damals fragte ich mich: Wer soll diese ganzen Sonnenbrillen tragen, wer diese Handtaschen? Ich hörte einmal von Särgen, die auf überfluteten Friedhöfen an der Wasseroberfläche trieben. Ich sagte: Ich will also auch keinen Sarg. Ich will mir lange eine Birke ansehen, im Notfall 4 Tage küssen, keinen Komfort. Ich hörte, das Kolosseum sei vom Verfall bedroht. Ich sagte zu meinem Bruder: Wir sollten heiraten und uns einen Holzofen in die Küche stellen. Eine Menge Trümmer, die wir verbrennen könnten, eine Menge Broschüren zum Anfeuern jeden Tag. Und mit der Asche und etwas Wasser könnten wir eine Lauge ansetzen, um unsere schmutzige Wäsche zu waschen. Ich sagte: Ich werde mir auf keinen Fall ein Profil anlegen. Ich sagte: Flut.

Nun sage ich: Aufbau. Aufbau. Aufbau. Aufbau.
Im Dreivierteltakt.
Ich tanze nicht mehr.
Und was wird eigentlich aus dem Hausmeister, da es jetzt kein Haus mehr gibt? Wird er Hausmeister in einem anderen Haus? Bleibt er ein trauriger Hausmeister ohne Haus? Bleibt er kein Hausmeister, und was wird er dann, da er doch immer ein Hausmeister war? Was ist ein Hausmeister, wenn er kein Hausmeister mehr ist?

Die Strickleiter hatte ich längst geknüpft, die Kellerluke zum Öffnen von außen längst präpariert. Ich musste nur noch zügig hinunterklettern, hinaus aus der Welt der sachlichen Männerstimmen und der Hausmeister, die keine mehr sind. Im Keller setzte ich mich auf einen Haufen feuchter Kohlen. Wenn der Maulwurf nicht blind und tot gewesen wäre, hätte ich ihm lange in die winzigen Augen gesehen.

4. DEN SCHADEN SICHTEN

An Kinder dachte ich schon, immer wieder, aber ich dachte eben: später. Ich würde sie auch gar nicht behalten können, denn sie würden von meinem Bruder sein,

und der war ja meistens nicht da. Es blieben mir im Alltag ausschließlich die Tagespolitik und die Mahlzeiten. Keine verdammte Brüderlichkeit.
Also kümmerte ich mich vorerst um Wurst.
Später, später, wenn die Kinder groß sind, dachte ich, werde ich sie vielleicht kriegen.

Mein Schuster sagte bei meinem letzten Besuch: Da ist bald der Schinken der Wurst hinterhergeworfen.
Er hat meine alten Schuhe dann trotzdem noch einmal repariert.

Jetzt sind sie ganz schmutzig, und ich zeichne Kreise damit in den feuchten Kohlenstaub.
Vielleicht ist es Blödsinn, aber manchmal habe ich das Gefühl, meine Schuhe sind sehr traurig und ich müsste sie trösten. Ich weiß nur nicht, wie.

Zuversicht hängt vom sozialen Status ab.
Gesellschaftskunde, 9. Klasse.

Mein Arzt sagte einmal, als ich mit einer entzündeten Schnittwunde zu ihm kam: Ich kann ihnen wer weiß was verschreiben, aber letzten Endes hilft bei einer solchen Wunde am besten viel Luft und viel Liebe.

Wir machen bis 4 und die anderen bis 7.
Sagt der Bauarbeiter zu seinem Kollegen.
Der Kollege sagt: Dann woll ma mal.
Er klettert auf den Trümmerhaufen und ruft: Komm rauf, kannst runterschaun.

Ich sage hier unten: Vergangenheitsbewältigung.
Ich sage: Stein auf Stein auf Stein.
Es hört aber keiner.
Einmal sagte ich sehr laut zu den dicken Schulmädchen:
Ich kann euch nicht leiden.
Sie kauten unbeeindruckt weiter auf ihren Kaugummis.

Ein möglicher Titel für einen Ratgeber:
Eine Stunde lang dem Wind zuhören und.

5. DEN SCHADEN EINSCHÄTZEN

Mein Lieber,
ich habe keine Baugenehmigung. Ich habe hier in den Trümmern einen alten Schemel gefunden, auf dem ruhe ich mich nun aus. Dass es weitergeht, weiß ich, ich habe längst Adieu gesagt zu den Zweifeln. Meine Oberarme sind schon enorm.

PS: Es riecht ein wenig nach Schimmel. Ich denke, das könnte mein Weltbild sein. Ich werde lüften müssen.

6. DIE AUGEN SCHLIESSEN

Was willst du. Hörte ich einmal einen Mann seine Frau vor einem Schaufenster fragen, in dem Broschen, Halsketten und Ringe lagen.

Ich muss erst schauen, sagte die Frau.
Diese Information ist mir zu unkonkret, sagte der Mann, nahm die Hand seiner Frau und zog diese hinter sich her, zum nächsten Schaufenster.

Früher, viel früher, da habe ich immer schöne Dinge gewollt. Da habe ich gedacht, man müsse schöne Dinge anhäufen, um es gemütlich zu haben. Ich kann diese schönen Dinge und diese Gemütlichkeit nicht mehr ertragen. Von wegen länger haltbarer Käse. Es schüttelt mich heute vor Abscheu bei dem Wort: Gemütlichkeit. Wo ist sie denn, die Gemütlichkeit, wenn erst das Wasser bis über den Beistelltisch steht. Wo ist sie, wenn die Sitzgruppe in Trümmern liegt. Die Gemütlichkeit ist schuld an der Trägheit. Die Gemütlichkeit ist schuld an der Dummheit. Die Gemütlichkeit ist der Anfang vom Ende jeder noch so kleinen Revolution. Zum Teufel mit der Gemütlichkeit. Wenn ich an den Teufel glauben würde. Stattdessen glaube ich an Vorräte, an Notunterkünfte, an Schwimmtraining im Fluss, an ausgiebiges Küssen.

Im Traum sitze ich in einem Standesamt. Es gibt keine Fenster, es ist sehr dunkel im Raum. Nur die Standesbeamtin und ich sitzen da, im grellen Licht einer Stehlampe. Ich trage eine sehr enge, bunte und prachtvolle Tracht. Wir warten auf jemanden. Wir warten auf den, den ich heiraten werde. Es ist, glaube ich, nicht mein Bruder. Ich weiß nicht, wer es ist. Wir warten sehr lange. Die Standesbeamtin schaut sehr oft auf die Uhr. Dann klingelt ihr Telefon. Sie hebt ab, hört kurz zu, sagt dann:

Alles klar. Sie legt wieder auf. Sie sagt: Er ist gefallen. Wir fangen ohne ihn an.
Also fangen wir an. Die Standesbeamtin traut mich mit mir selbst. Ich unterschreibe. Es geht alles sehr schnell.
Ich trete aus dem Standesamt ins Freie. Sobald das Tageslicht auf meine Tracht fällt, verliert sie ihre Farben. Immer blasser wird sie, bis sie ganz verblichen, ganz fahl und grau ist. Sie ist auch nicht mehr prachtvoll hier draußen, sie ist schmutzig und besteht aus löchrigen Fetzen, aus alten Geschirrtüchern und aus den Resten eines Kartoffelsacks. Ich schaue an mir hinunter und kann es nicht fassen. Ich denke: Es ist eine Trümmertracht. Ich habe in einer Trümmertracht geheiratet.
Dann atme ich tief ein. Ganz tief. So tief, dass die Nähte der Tracht aufplatzen und die Knöpfe abspringen. Die Tracht fällt zu Boden. Ich atme wieder aus. Ich habe nichts mehr an. Meine Haut hat schon Risse.

7. TIEF DURCHATMEN

Mein Lieber,
meine Adresse löst sich auf. Mit jedem Blecheimer voll Backsteinen ein bisschen mehr. Nein, sage ich, nein, ich will keine Post. Und ich will nicht ins Kino heute, ich muss meinen Blecheimer füllen. Es gilt, die Zweihundertermarke zu erreichen. 200 Backsteine. Wie herrlich das klingt. Ich esse einen kleinen Igel zwischendurch.

Die vergilbte Zeitungsseite in der Ecke meines Kellerverstecks:
Panorama
Startschuss einer Erfolgsgeschichte
Solange der Vorrat reicht
Geil ist geil

Ich danke Gott, oder wem immer, der sich die Wollköpfige Kratzdistel und die Berberitze ausgedacht hat.

Ich versuche, eine Postkarte an meine Schulfreundin zu verfassen:

Liebe Freundin,

Weiter komme ich vorerst nicht, denn über mir kommt etwas ins Rutschen, poltert, prallt laut auf. Ein paar Steine rieseln von den Wänden meines Kellerverstecks, ich bekomme Staub in Augen, Nase und Mund. Ich muss niesen. Ich reibe mir die Augen, sie tränen ein wenig.
Der Trümmerhaufen bewegt sich, denke ich, er arbeitet, er lebt.

Dann schreibe ich:

Liebe Freundin,
ich bin freiwillig in den Keller gegangen und nicht zum Bewerbungstraining. In den Trümmern fand ich das

»Handbuch der Betriebswirtschaft«. Was machst Du so?

200 Backsteine, sage ich zu dem toten Maulwurf, damit ließe sich etwas anfangen. 200 Backsteine an einem schönen Ort.

Wir haben noch ein Milchbrötchen. Ein Milchbrötchen haben wir noch. Sagt die Mutter zu ihrem Kind, das sie in den Hof gezerrt hat, weil es hier in Ruhe pinkeln soll.

8. SICH ETWAS NEUES TRÄUMEN

Wenn man nicht weiter weiß, hatte meine Großmutter oft gesagt, dann muss man singen. Zum Beispiel:
»Ein kleines Häuserl ist meine Heimat,
und die Sorgen, ach, die bleiben vor der Tür!
Und in dem Häuserl, da steht ein Betterl,
und in dem Betterl träum ich jede Nacht von dir.«

Im Traum gehe ich einkaufen. Ich kaufe nichts. Ich schiebe einen Einkaufswagen voller Trümmer durch den Supermarkt und rufe nach meinem Bruder, der mich nicht hört. Ich nehme ein Glas saurer Gurken aus einem Regal und stelle es in einem anderen ab, wo es ganz bestimmt nicht hingehört. Ich lasse, wie aus Versehen, eine Flasche Kirschsaft fallen und bewundere die rote Pfütze. Ich gehe mitten hindurch. Und lasse nur meine roten Spuren zurück.

Die Bauarbeiter, die frühmorgens anrücken, pfeifen zweistimmig.
Es klappert die Mühle am rauschenden Bach.
Ich pfeife leise ein paar Takte mit, aber es klingt komisch, wenn man allein in einem Kellerversteck sitzt und pfeift. Es klingt befremdlich. Und ja: auch jämmerlich. Ich lasse es sehr schnell wieder sein. Ich sammle meine ausgefallenen Haare ein und binde sie zu einem Büschel zusammen. Vielleicht kann man noch eine Bürste daraus machen. Oder einen kleinen Besen.
Die Bauarbeiter ziehen meinen alten Staubsauger aus den Trümmern und sagen: Oides Glumpert.
Meine Großmutter hatte ihn von ihrem ersten Geld gekauft. Es handelt sich um das Modell Kobold. Auch ich habe immer gerne damit den Staub und die Krümel aufgesaugt. Dann wurde mir der Strom abgestellt und ich kehrte nur noch den gröberen Schmutz mit dem Besen zusammen. Ich ließ den Staubsauger, den meine Großmutter und auch meine Mutter nie Staubsauger, sondern immer Kobold genannt hatten, in der Ecke stehen, wo er immer gestanden hatte. Er war sehr unhandlich und schwer, aber er funktionierte. Ein Segen ist das, hatte meine Großmutter gesagt, wenn sie ihn hervorgeholt hatte.
Ein Segen bist du, sagte ich manchmal im Vorbeigehen zu ihm. Auch als ich nur noch den Besen benutzte. Gerade dann.
In einem eleganten Bogen fliegt mein Staubsauger nun

in den Container, den die Bauarbeiter mit einem Lastwagen unter großem Lärm und leichtem Beben herangeschafft haben. Scheppernd kommt mein Staubsauger darin auf.
Ich sage: So nicht.
Aber das hört keiner. Denn da fliegen schon meine Wasserleitung, die ich in den frostigen Wintern mit Handtüchern zu umwickeln pflegte, damit das Wasser darin nicht fror, dann meine Toilette, mein Waschbecken, mein Küchenherd, meine Matratze, die Kacheln meines Kachelofens, eine Menge Drähte, eine Menge Holz und sehr viele Backsteine hinterher.
Ich sage: So nicht. So nicht. So nicht. Noch immer hört es keiner, denn ich sage es immer leiser, der Container füllt sich immer schneller, und viel schneller, als ich schließlich weder schimpfen noch weinen oder atmen kann. Ich ziehe mir den Mantel über den Kopf und rühre mich nicht. Als der Lastwagen kommt, um den Container wieder abzuholen, spüre ich nur noch das leichte Beben.

Du musst. Sagt die Mutter zu ihrem Kind, das sie wieder in den Hof gezerrt hat. Die Bauarbeiter haben längst Feierabend gemacht. Es wird bereits dunkel.
Ich muss aber nicht. Sagt das Kind.

Ich versuche, mich auf meinen Bauchnabel zu konzentrieren.
Ich sagte früher einmal zu meinem Zahnarzt, nachdem er mich durch eine Füllung von meinen Schmerzen befreit hatte: Es ist ein ganz herrliches Leben.

Dann konnte ich auch die Krankenversicherung nicht mehr bezahlen.

9. DAS NEUE DENKEN

Ein möglicher Titel für einen Ratgeber:
Von der immensen Notwendigkeit, die Vögel pfeifen zu hören.

Einmal traf ich einen jungen Mann, der mir gefiel. Ich fragte ihn, was er so tue. Er sagte, an den Wochenenden gehe er meistens feiern. Ich fragte ungläubig, was er denn jedes Wochenende zu feiern hätte. Da sah er mich belustigt und auch ein wenig verächtlich an und ging davon.

Im Traum stehe ich allein in einer Kirche. Es ist dunkel. Mir fällt kein Gebet ein. Ich halte aber eine Tüte Milch in der Hand, öffne sie und schütte den ganzen Liter Milch auf den Kirchenfußboden. Eine schöne weiße Pfütze wird das. Ich bewundere die weiße Pfütze. Ich gehe mitten hindurch. Und lasse meine weißen Spuren zurück.

In der Nacht fülle ich den ersten Blecheimer mit Backsteinen, lasse den toten Maulwurf sanft in meine Manteltasche gleiten und gehe los.

10. DAS NEUE WOLLEN

Im Gehen lese ich dem toten Maulwurf in meiner Manteltasche laut aus dem »Handbuch der Betriebswirtschaft« vor:

ENTSCHEIDUNG – Stadium innerhalb des Zeitraumes der Planung, in welchem durch gründlichen Vergleich aller Handlungsmöglichkeiten die Möglichkeit selektiert wird, die als optimal bezeichnet werden kann. Um dies bewerten zu können, sind folgende Kriterien relevant:

1. Die angestrebten Ziele und deren jeweilige Gewichtung.
2. Der Grad der Vorhersehbarkeit oder Unvorhersehbarkeit der Ereignisse je Möglichkeit.

Berechnet werden können die Werte je Möglichkeit anhand von Entscheidungsregeln, sodass die Möglichkeit, die letztlich als optimal bezeichnet werden kann, abhängig vom Ziel, anhand dieser Berechnungen und dem anschließenden Vergleich aller Ergebnisse sehr präzise bestimmt werden kann. Folgende Planungstechniken können ebenfalls zur Entscheidung herangezogen werden:

1. Nutzwertanalyse
2. Kosten-Nutzen-Analyse
3. lineare Programmierung
4. Heuristiken bzw. Faustregeln

(Vgl. Blumenhower, Ernst: Handbuch der Betriebswirtschaft, 4. Auflage, Verlag K&K Seidl, München 1997)

Im Gehen sage ich zu dem toten Maulwurf in meiner Manteltasche: Nach gründlichem Überlegen entscheide ich mich nun für die Planungstechnik der Faustregel. Ich halte fest:
FAUSTREGEL NR. 1: Ein zwangsversteigertes und anschließend zertrümmertes Elternhaus ist kein Elternhaus mehr.
FAUSTREGEL NR. 2: Wo kein Elternhaus mehr ist, da ist man nicht mehr zu Hause.
FAUSTREGEL NR. 3: Wo man nicht mehr zu Hause ist, da kann man nicht mehr bleiben.
FAUSTREGEL NR. 4: Wo man nicht mehr bleiben kann, von da muss man fortgehen.
FAUSTREGEL NR. 5: Wenn man von etwas Altem fortgeht, braucht man ein neues Ziel.
FAUSTREGEL NR. 6: Um von etwas Altem fortzugehen und nach einem neuen Ziel zu suchen, braucht man gute Schuhe, wahlweise einen guten Schuster.
FAUSTREGEL NR. 7: Gute Schuhe und ein guter Schuster sind gut und schön, aber angesichts des mit Sicherheit zu erwartenden ersten Nachtfrostes braucht man zuallererst eine Notunterkunft.

So gehe ich einige Male, fülle Eimer um Eimer und zähle bis zum Backstein Nummer 201. Besser einen Backstein zu viel als zu wenig. Man kann ja nie wissen. Eine schöne Mauer wird das, denke ich, wenn nicht wieder eine Bombe fällt, ein schönes Elternhaus, wenn der Fluss nicht wieder in die falsche Richtung fließt, eine schöne Einsamkeit. Adieu.

11. DAS NEUE UNBEDINGT WOLLEN

Ich flüstere dem toten Maulwurf zu: Notunterkünfte sind kein Thema. Notunterkünfte wurden zeitnah errichtet. Notunterkünfte im Sparprogramm. Notunterkünfte auf unabsehbare Zeit. Notunterkünfte sind multinational. Notunterkünfte sind eine Chance. Notunterkünfte sind antragsfrei. Notunterkünfte werden staatlich gefördert. Notunterkünfte bieten vorläufigen Schutz mit nachhaltiger Projektkonzeption. Notunterkünfte werden akzeptiert. Notunterkünfte für Millionen. Notunterkünfte sind wieder schick.
Das könnte eine Hymne werden, flüstere ich, und wer Hymnen hat, dem kann es gar so schlecht nicht gehen.

Geht eine Tür zu, geht ein Fenster auf. Sagte einmal eine Kellnerin zu mir, als ich im Kaffeehaus saß und weinte. Marvin, du sollst nicht immer das Glas abschlecken. Sagte einmal eine Mutter vor der Wursttheke zu ihrem Sohn.
Ich sage zu meinem Bruder: Wir müssen uns hier irgendwo schnellstmöglich eine Notunterkunft errichten und du drückst dich mal wieder durch deine vollkommene Abwesenheit.
Ich gehe weiter, stadtauswärts. Schleppe Eimer um Eimer die Backsteine mit mir fort.
Ich sage zu dem toten Maulwurf in meiner Manteltasche: Somit habe ich im Rahmen meiner Planung nun die Alternative gefunden, welche in meinem Fall optimal erscheint, ich entscheide mich folglich: für die Errichtung einer Notunterkunft durch meine Person.

Ich sagte einmal zu meinem Gerichtsvollzieher: Moos und Kröten.
Er fand das nicht lustig.

Ich gehe weiter.

Und nein, danke, ich will auch kein Eis. Wenn die Katastrophe kommt, werden wir wieder hungern, wer will da noch im Fitnessstudio angemeldet sein. Wenn die Katastrophe kommt, werden wir wieder in Ruinen hausen, und die Kerzen, die wir einst im Einrichtungsmarkt zu Dekorationszwecken kauften, werden dann unser Licht sein, unsere Heizung und unser Herd. Ich hörte von Gangsterrappern, die magersüchtig wurden. Ich hörte von sich häufenden Selbstmorden von Mitarbeitern eines marktführenden Elektronikherstellers. Ich hörte, die Freiheitsstatue sei gar nicht so groß. Ich hörte von der Flut.

12. DAS NEUE BESINGEN

Drridridrüh.
So singt die Haubenlerche, während sie ihr Nest im Brachland baut.

Ich gehe weiter und singe das Lied über den Plüschleoparden, der aus einer Mülltonne lugt.

Ich singe das Lied über den Gerichtsvollzieher, der mit Nachnamen Zuckermann hieß und nach jedem Besuch

ein paar Erbstücke weniger in meiner Wohnung zurückließ. Und darüber, wie er schließlich sagte: Bei unserem nächsten Wiedersehen haben Sie ihre Tasche gepackt und geben dann ihren Schlüssel an mich ab. Ich singe: Es gab aber kein nächstes Wiedersehen, denn ich zog es vor, in den Keller zu gehen. Ich singe das Lied über den leeren Farbeimer am Wegrand. Reinweiß. Ich singe das Lied über den Parkplatz, aber nur für Mitglieder. Ich singe das Lied über den Mann, der eine große Packung Meisenknödel unter dem Arm geklemmt trägt. Obwohl es noch gar nicht Winter ist. Ich singe: Es ist noch lange nicht Winter.
Wir wollen ja noch so viel machen. Sagt eine junge Frau zu ihrem Freund. Wir wollen ja noch so viel machen, singe ich.
Und gehe weiter.

Und das Lied über die weißen Rosen auf dem Supermarktparkplatz. Vielleicht zielorientiert oder so. Keucht ein junger Mann beim Joggen seinem Nachbarn zu.
Ich singe: Vielleicht zielorientiert, schalala. Das Lied über die Jogger an der roten Ampel. Über den Riesenweltatlas zum Kampfpreis. Über die Sonnenbrillenkollektion.

So nicht, habe ich eines Tages gesagt. Ich höre jetzt auf, sagte ich. Eines Tages hörte ich auf: mit beinahe allem, was ich bis dahin ganz selbstverständlich getan hatte. Ich wollte alles vergessen, vor allem dieses Wort: selbstverständlich.
Im Keller braucht man keine Sonnenbrille, singe ich.

Atmen, das allein wollte ich noch. Und lachen, wann immer es geht. Nur möglichst im Dunkeln. Ich sage zu dem toten Maulwurf in meiner Manteltasche: Du bist mir von allen Tieren das liebste, aber nahezu ebenso verbunden fühle ich mich neuerdings der Haubenlerche.

Ich singe das Lied über die 200 Backsteine an einem schönen Ort.
Das Lied über die geeignete Stelle für eine Notunterkunft.
Das Lied über die Motivation.

13. DAS NEUE ABER WIRKLICH UNBEDINGT WOLLEN

MOTIVATION – Summe der effektiven Motive (Antriebe) innerhalb einer Handlung. Subjektive menschliche Motive gründen meist auf persönlichen Mangelerscheinungen und beeinflussen bzw. steuern daher die Handlungsweise. Die zugrunde liegende Mangelerscheinung muss aus Sicht der Allgemeinheit nicht zwingend vorhanden sein oder objektiv nicht in jedem Fall als solche empfunden werden. […]

(Vgl. Blumenhower, Ernst: Handbuch der Betriebswirtschaft, 4. Auflage, Verlag K&K Seidl, München 1997)

Im Traum ging ich einmal ins Schwimmbad und flüsterte: Arschbombe. Ich traute mich dann aber nicht, eine zu machen, und glitt mit einem Kopfsprung ins Wasser. Ich schwamm ganz genau eine Stunde lang konzentriert

und sehr zügig hin und her und sang in Gedanken die Hymne an den Ernstfall: Man muss den Ernstfall begrüßen, sonst stirbt man. Man muss mit dem Ernstfall Wurstsemmeln essen, wenn man noch irgendwo Wurstsemmeln auftreiben kann.
Schließlich stieg ich aus dem Wasser und fühlte mich äußerst fit.

Dann traf ich wieder einen jungen Mann, der mir gefiel, und ich fragte ihn, was er so tue. Er erzählte, er habe schon hier und dort gelebt, er habe auch eine Zeitlang in Dachau gelebt und eine Zeitlang in Freudenstadt. Er sagte, keiner lebe schließlich heutzutage sein Leben lang an nur einem einzigen Ort.
Da antwortete ich nichts, weil ich mich verschluckte. Ich ging davon und sah den jungen Mann nicht wieder. Ich dachte an den Kinderchor, der früher jede Woche in meinem Nachbarhaus probte, und wie ich im Sommer, bei geöffnetem Fenster, mithören konnte, wie die Kinder wochenlang »In einem kühlen Grunde« sangen und wie ich dachte: Sind doch noch viel zu jung dafür. Von wegen Unschuld. Die Flut kommt immer früher.

Mein Lieber,
was mir allein hilft, das sind die Lieder und die Märchen. Ein Märchen geht so: Es war einmal eine junge Frau, die ging mit zerzaustem Haar und mit vom Trümmerstaub grauer Kleidung, mit einem toten Maulwurf in der Manteltasche und einem Blecheimer voller Backsteine, die sie aus den Überresten ihres abgerissenen Elternhauses gesammelt hatte, durch die Stadt, um einen ge-

eigneten Ort für die Errichtung einer Notunterkunft zu finden. Moderne Zeitgenossen betrachteten die junge Frau neugierig und nannten das, was sie da tat, »Performance«, »Real Life Experience« oder »Urban Safari«. Manche nannten es auch begeistert »Backpacking«. Die junge Frau nannte es: Neuanfang.

Seit Tagen hatte sie nichts gegessen, und als sie auf dem Parkplatz eines Supermarktes zusah, wie ein Supermarktangestellter kistenweise abgelaufene Produkte in die Mülltonnen kippte, wartete sie den Ladenschluss und die Dunkelheit ab, um sich zu den Mülltonnen zu schleichen und herauszufischen, was ihr noch genießbar erschien:

1 Stück französischer Weichkäse
3 braune Bananen
1 Bund Karotten
4 Becher Pfirsichjoghurt
2 Packungen Butterkekse
1 Becher Sauerrahm

Glücklich über ihren Fund, schlug sich die junge Frau durch die Hagebuttensträucher am Rande des Parkplatzes und ließ sich, gut versteckt, auf einem alten Autoreifen nieder, um zu essen. In Sichtweite: eine schmutzige Windel. Eine Zeitungsseite mit der Schlagzeile: Hochhaus schwankt bei Fitness-Kurs. Und darunter: Scheidung zu teuer – Immer mehr Paare bleiben nur aus Geldnot zusammen.

PS: Die Zeitgenossen der jungen Frau hätten dies nun »containern« oder »dumpstern« genannt. Die junge Frau nannte es: einen Bärenhunger haben.

Im Traum stehe ich allein auf einem Kartoffelacker, der ganz mit Schnee bedeckt ist. Es ist blendend hell. Ich halte eine Thermoskanne voll Kaffee und 2 zerbeulte Blechtassen in den Händen. Ich beginne, abwechselnd Kaffee in die beiden Blechtassen zu gießen, für meinen Bruder, für mich, für meinen Bruder, für mich. Ich trinke meine Blechtasse aus und schütte den Kaffee aus der Blechtasse meines Bruders in den Schnee. Trinke meine Tasse aus, schütte den Kaffee aus der Tasse meines Bruders in den Schnee. Im Schnee entsteht ein brauner Fleck, der immer größer und größer wird. Hastig versuche ich, den Fleck wieder mit Schnee zu bedecken, unbeholfen werfe ich Hände voll Schnee darauf, bis meine Hände ganz taub sind vor Kälte. Aber der braune Fleck wird immer größer, wird eine Pfütze, ein brauner See. Der ganze Schnee beginnt zu tauen, aber was darunter hervorkommt, ist kein Kartoffelacker mehr, sondern der kurze, sattgrüne Rasen eines Golfplatzes.
Ich stehe mitten auf einem Golfplatz. Ein strahlend weißer Golfball rollt vor meine Füße. Ich bücke mich, will nach ihm greifen, aber da tut sich ein Loch auf und der Ball fällt hinein. Aus der Ferne hallt das hämische Lachen eines Golfspielers.
Ich verfluche den Golfsport.

Meine Großmutter hatte oft gesagt: Ich habe dann nur noch die Kartoffeläcker angebetet. Nur noch die Kartoffeläcker betete ich an.

14. DAS NEUE GENAUER DEFINIEREN

FAUSTREGEL NR. 8: Eine Notunterkunft, die taugt, sollte stets hinter Hagebuttensträuchern errichtet werden.
FAUSTREGEL NR. 9: Sollte es für die Notunterkunft keine amtliche Genehmigung geben, sollte sie nicht zu weit innerhalb einer Ortschaft errichtet werden, da Gefahr besteht, dass sie dort entdeckt wird, allerdings, im Sinne der Nahrungs- und Baumaterialbeschaffung, auch nicht zu weit außerhalb des besiedelten Gebietes.
FAUSTREGEL NR. 10: Wichtig sind die Hagebuttensträucher.
FAUSTREGEL NR. 11: Hagebutten.

Tatsächlich weiß ich meist körperlich, was ich zu tun habe und was nicht, wo ich hingehöre und wo nicht, wie ich zu leben habe und wie nicht.

(Übelkeit, Bauchschmerzen, Herzrasen, Appetitlosigkeit)

Ich muss weiter, ich muss meine Backsteine hinter die Hagebuttensträucher bringen.
Ein dicker Mops kläfft mich an. Ich kläffe zurück. Ich sage: Du Braten, du.
Der Besitzer wirft mir einen empörten Blick zu. Beinahe trete ich, während ich, ebenfalls empört, auf den dicken, kläffenden Hund starre, in ein Häufchen Erbrochenes. Ich kann gerade noch ausweichen. Dem Häufchen folgt, ein paar Schritte weiter, ein weiteres Häufchen, dann ein

kleiner Berg. Man kann noch Nudeln darin erkennen. Ich muss stehen bleiben und Luft holen.
Ich stehe mitten auf einer Brücke, die stadtauswärts über ein Bahngelände führt. Ich schaue eine Weile auf die Gleise hinunter. Bahnarbeiter ziehen einen Bollerwagen voller Metallschrott über die Schienen. Der Bollerwagen holpert gefährlich, droht bei jeder Erhebung zu kippen, kippt nicht.
So geht das nicht. Sagt eine junge Frau zu ihrem Freund, als sie an mir vorbeigehen.
Und anders geht es auch nicht. Sagt der Freund. Sie halten beide ein Eis in der Hand, essen es aber nicht. Schauen das Eis nicht einmal an. Sie halten es einfach nur so in der Hand. Es schmilzt bereits. Beide lassen eine feine Spur aus Eiscremetropfen hinter sich zurück.

Einmal sagte ich zu meinem Schuster: Ich liebe dich, aber heiraten werde ich wohl einen anderen.

Wäre ich damals nach München gegangen und hätte ich dort ein Praktikum in einer Kanzlei gemacht, vielleicht wäre ich dann jetzt schon auf Bali gewesen. Vielleicht wäre ich tot. Ich will nicht nach München, ich will kein Praktikum machen, ich will nicht in den Urlaub fahren, da stirbt man.

Ich gehe weiter und sage laut: Ich werde mir auf keinen Fall ein Profil anlegen.
Ich werde Fallobst sammeln und es kistenweise lagern.
Ich werde frühmorgens in den Wald laufen und mich an einer Baumrinde wundscheuern.

Ich werde Sauerkraut ansetzen, und hin und wieder stehle ich Wurst.

15. DAS NEUE GANZ KLAR VOR SICH SEHEN

Mein Lieber,
ich gehe und singe, ich trage und singe, ich schufte und singe. Hin und wieder lege ich einen kleinen Tanzschritt ein, so lässt es sich leichter vergessen. Ich versuche oft, mir Dein Haar vorzustellen, und wie ich es zerwühlte, und freue mich dann, wenn ein Wind weht und das meine zerwühlt. Heute dichtete ich ein Lied mit dem Titel RESTRISIKO.

PS: Heute ging ich an einem Buben vorbei, der gerade versuchte, seine Wurstsemmel durch einen Briefschlitz zu schieben. Die Wurstsemmel passte aber nicht durch, also behielt der Bub sie in der Hand und ging weiter. Ich verfolgte ihn, er ging in den Park. Dort warf er die Wurstsemmel in den Teich, wo die Enten sich schnatternd darüber hermachten. Das interessierte den Buben aber gar nicht, er ging einfach weiter. Wenn das unser Kind wäre, dachte ich, dann würde ich es jetzt am Arm packen und ohrfeigen. Auch wenn man das nicht tun soll und es wahrscheinlich nichts nützt.
Stattdessen ging ich zum Teich, entriss den Enten die Wurstsemmel und aß sie. Sie war schon ein wenig aufgeweicht, aber sie schmeckte wunderbar. Es gab sogar noch ein Stück Gurke darin.

Ich hörte auf:
Von Zielen zu sprechen.
In Kalendern zu blättern.
Auf Uhren zu sehen.

(Übelkeit, Bauchschmerzen, Herzrasen, Appetitlosigkeit)

Jeden Freitag bis 22 Uhr.

Ich streue eine Spur aus Brotkrumen, die aus der Stadt hinausführt.

Ich sagte zuletzt zu meinem Gerichtsvollzieher: Suchen Sie mich im Schützengraben, im Steinbruch, im Kaninchenbau.
Ich glaube, dass er eigentlich ein freundlicher Mensch ist. Ich wäre ihm gerne mit mehr Stolz begegnet. Es ging nicht.

Ich schleppe meinen Eimer, der immer schwerer wird, und im Gehen entfährt mir hin und wieder ein kurzes Keuchen oder ein Ächzen, ohne, dass ich es will.

Ein Mädchen an der Straßenbahnhaltestelle stampft mit dem Fuß auf, weil die Straßenbahn Verspätung hat. Wie ich es hasse, sagt das Mädchen. Wie ich diese beschissene Warterei hasse.

Ein Bub steckt mit seiner Hand in der Öffnung eines Kaugummiautomaten fest.

Ich steck fest, schreit er. Er schreit: Scheiße, scheiße, ich steck fest, scheiße.
Andere Kinder sammeln sich um ihn und lachen laut.

Eine alte Frau steht vor dem Fahrkartenautomaten. Reglos starrt sie auf den Bildschirm. Hebt dann unschlüssig die Hand und streckt einen Finger aus, um den Bildschirm zu berühren, zieht ihn aber im letzten Moment doch wieder zurück und lässt die Hand sinken. Starrt weiter. Hebt die Hand noch einmal, unschlüssig, und lässt sie wieder sinken. Und starrt. Und starrt. Und starrt. Und starrt.

Eine rote Nelke liegt am Boden. Ich bleibe stehen und hebe sie auf. Sie ist aus Marzipan.

Einen Liter Milch ausleeren auf der frisch geteerten Autobahn.

Diese lästige Sicherheit. Ruft ein Kind, das von seiner Mutter in ein Auto gesetzt wird. Es will sich nicht anschnallen.

Diese schöne weiße Pfütze. Stelle ich mir vor.

Ich stelle mir vor: Diesem Mann im Anzug dort ganz unbemerkt, so im Vorbeigehen, einen Tannenzapfen in die Aktentasche zu stecken. Oder auch nur: Einen Tannenzapfen in der Hand zu halten, anzustarren und ihn nicht beschreiben zu können. Dann hält man dieses Ding in der Hand und es fällt einem kein Wort dafür ein. Man geht weiter, immer weiter stadtauswärts, und findet einfach keine Worte mehr.

Der Eimer wird immer schwerer, je weiter ich gehe, je öfter ich ihn fülle, je länger ich ihn schleppe. Der Henkel schneidet sich in meine Hand.
Tino, mach die Musik leiser. Ruft eine Frau hinter einem geöffneten Fenster. Aus dem Fenster daneben dringt laute, sehr lustige Blechbläsermusik.
Sei doch froh, dass es die Musik noch gibt, denke ich. Und muss keuchen.

Am Stadtrand wird ein Zirkus aufgebaut. Ein Mann, der eine Leiter trägt, sagt zu einem anderen Mann: Wie immer, der schlechteste Standort, den es gibt.
Der andere Mann sagt: Und wie immer weiß keiner was Genaues.

Ich flüstere dem toten Maulwurf in meiner Manteltasche zu:
RISIKOMANAGEMENT – (1) Bestmöglicher Erwerb von Schutz durch Versicherung (Insurance Management), somit essentieller Bestandteil der Versicherungslehre.
(2) Vorsätzlicher und wohlwissender Umgang mit allen Formen des Risikos. Zunehmende Komplexität und Dynamik der Umwelt führen zu exponentiellem Wachstum der Summe aller Risiken, wodurch eine von genauer Differenzierung und Antizipation geprägte Risikostrategie entwickelt werden muss. Risiken müssen demnach vorausschauend erkannt und gefiltert sowie interpretiert

werden. Ihr Einfluss, ihre Dramatik und der Grad der davon ausgehenden Bedrohung müssen erfasst werden. Die Ausarbeitung eines Planes an Maßnahmen, durch welche ein Risiko und seine Auswirkungen bewusster zu steuern sind, erweist sich hierbei als hilfreich. [...]

(Vgl. Blumenhower, Ernst: Handbuch der Betriebswirtschaft, 4. Auflage, Verlag K&K Seidl, München 1997)

Im Traum gehe ich zum Gewerbeamt und lege dem zuständigen Herrn meinen toten Maulwurf auf den Tisch. Ich muss zu dem Herrn nichts mehr sagen. Wir verstehen uns sofort.

Kartoffelacker unser voll Erden.

16. NICHT LANGE FACKELN

Schließlich traf ich einen älteren Mann, der mir gefiel. Er fragte mich, was ich mir so vorstellte. Ich sagte: Ich will meinen Lebenslauf nicht formatieren. Und er setzte zu einem Vortrag an: Aber so doch nicht, junge Frau, Sie können doch nicht, also ich meine, ich will mal sagen, also, nicht dass ich Sie belehren möchte, nein, nein, Sie sind ja alt genug, nicht wahr, aber, wenn ich Ihnen etwas sagen darf, ich meine ja nur, also wissen Sie, in meinem doch recht fortgeschrittenen Alter und wenn ich zurückdenke, wie ich damals, junge Frau, nehmen Sie mir das nicht krumm, ich denke ja nur, was ich sagen will, ist, ich denke eben so zurück, das ist also, verstehen

Sie mich nicht falsch, nein, nein, ich war ja immer bescheiden, nicht wahr, ich habe ja auch nie viel gewollt, will ich mal sagen, aber ein bisschen was schon, ein bisschen was, ja, nicht dass Sie mich missverstehen, also ich finde, ich denke eben, nicht wahr, Sie sollten sich doch Ihrer Möglichkeiten bewusst sein, als junge Frau heute, und hübsch, also, ich denke ja nur, sagen wir mal, und auch intelligent, meine ich, da sollten Sie diese unglaublichen Möglichkeiten doch nutzen, diese offenen Türen, also Chancen, und dann, also wirklich nur so als Anstoß meinerseits, man hat da doch so schnell auch etwas verpasst.

Da versuchte ich, dem älteren Mann einen Witz zu erzählen, bevor ich mich für immer von ihm verabschiedete. Ich bin nur nicht so gut im Witzeerzählen: Was haben ein Flusslauf und ein Lebenslauf gemeinsam?

Wenn man sie begradigt und es regnet ein paar Tage lang durch, dann gibt es eine gewaltige Flut. Und die reißt dann alles mit sich fort.

Mein Lieber,

manchmal ist das so: Man schlägt die Augen auf und spürt nichts als den eigenen Bauchnabel an der richtigen Stelle. Ganz ohne Yoga. Man atmet einfach, ganz langsam, tief ein und aus, und man möchte nichts mehr als weiteratmen, einfach weiteratmen, mit dem Bauchnabel an genau dieser Stelle.

Hier sitze ich also, stadtauswärts, an den Rest einer Mauer gelehnt, eine gute, alte Backsteinmauer, ausbaufähig, und habe Hagebutten im Blick. Ich sitze hier, ohne Dich, ich atme aber und sehe sie schon vor mir, meine Notunterkunft, meine herrliche, sehe mich, meinen Blecheimer tragend, bereit zum Wiederaufbau, in den Hagebuttensträuchern, wo ich jetzt sitze, und da atme ich einfach, auch ohne Dich, und da möchte ich nimmermehr weg.

PS: Falls ich auf der Stelle hier sterben sollte, tragen mich wahrscheinlich die Ameisen davon. Dass ich sterben könnte, ist wahrscheinlicher geworden, denn wenn ich krank werde, kann ich zu keinem Arzt und in keine Apotheke gehen. Dass ich krank werde, ist wahrscheinlicher geworden, denn ich habe keinen sauberen Wasserkanister, mit dem ich losgehen und mir Trinkwasser besorgen könnte. Ich müsste wohl auch erst einmal eine öffentliche Toilette oder eine andere Quelle finden, die nicht videoüberwacht ist und wo ich das Wasser ungehindert und regelmäßig holen könnte.
So kann ich nur auf die Insekten hoffen. Und darauf, dass sie sich, bevor sie mir helfen, nicht doch auch für meine elektronischen Patientendaten interessieren.

Ich sagte zum Linienbusfahrer: Ich bestelle nichts. Ich habe keine Telefonnummer. Ich wasche mich in einer Pfütze.
Der Linienbusfahrer sagte: Bitte hinten aussteigen.
Dann bin ich ausgestiegen. Und hier bleibe ich jetzt. Adieu, Fahrpläne. Lebt wohl.

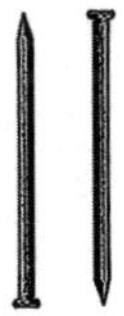

Ich schreibe mit einem verbogenen Scheibenwischer in den Kies zu meinen Füßen:

17. SICH DIE ÄRMEL HOCHKREMPELN

Zuerst lege ich die Tür einer Schrankwand, die ich im Gestrüpp fand, quer über den alten Autoreifen. Später werde ich meinen Enkeln sagen können: So entstand meine Gartenbank.
Dann beerdige ich den toten Maulwurf so, dass ich von meiner Gartenbank auf seine Grabstätte blicken kann. Als Grabstein verwende ich einen zerbrochenen Backstein. Mit einem rostigen Nagel ritze ich die Inschrift hinein: *Ich habe nicht nach Dir gesucht, ich habe Dich gefunden. Jetzt, wo Du weg bist, bist Du plötzlich einfach weg. Das soll einer verstehen.*

Ich lege dem toten Maulwurf eine Handvoll Hagebutten auf sein Grab. Dann kremple ich mir die Ärmel hoch und streiche mir das Haar aus dem Gesicht.
Es ist zu lang.

18. SICH DAS HAAR AUS DEM GESICHT STREICHEN, WAHLWEISE DAS HAAR ABSCHNEIDEN

Ich gehe zum Baumarkt, um dort zu stehlen, was ich nun brauche:
1 Heckenschere
1 Sack Mörtel

Man muss sich beim Stehlen möglichst auffällig verhalten, um nicht aufzufallen. Noch in der Gartenabteilung schneide ich mir mit der Heckenschere das Haar ab (so kurz es mit einer Heckenschere geht), stecke die Heckenschere in meinen Rockbund, als wäre sie ein Revolver, und lasse meine Strähnen auf dem Boden liegen. Dann gehe ich in die Baustoffabteilung. Ich frage einen Mitarbeiter nach dem kleinsten Sack Mörtel, den es gibt, und erkläre, dass ich den größten wahrscheinlich nicht tragen könnte. Dass ich den Sack aber tragen und im Fall der Fälle auch damit fortlaufen muss. Der kleinste Sack Mörtel wiegt 5 Kilogramm, und damit lässt sich etwas anfangen. Der Mitarbeiter hilft mir, den Sack auf die Schulter zu wuchten. Ich bedanke mich. Und laufe fort.

Geheiligt werde deine Erde.

Ich schätzte den Portier der Dübelfabrik, in der ich einmal ein Schulpraktikum machte, seines ehrlichen Berufes als Portier einer Dübelfabrik wegen. Jeden Morgen sagte ich ihm hochachtungsvoll guten Morgen, jeden

Abend sagte ich ihm hochachtungsvoll auf Wiedersehen. Was die Dübel, die ich sortierte, zählte und verpackte, heute alles halten, das weiß ich nicht. Es würde mich viel mehr interessieren, was alles sie nicht halten konnten. Was die Schwerkraft alles mit sich gerissen hat. Oder die Flut.

19. IN DEN FLUSS SPUCKEN

Im Laufen rezitiere ich:
FÜHRUNG – Leitung eines Betriebes durch zielorientiertes Denken und Handeln. Innerhalb eines Arbeitsprozesses werden Waren (Wirtschaftsgüter) durch Einsatz von Sachmitteln und Menschen produziert. In Anbetracht des immer vielschichtigeren und durch nahezu grenzenlose Flexibilität funktionierenden Betriebswirtschaftssystems sollte dieser Prozess der Warenproduktion nicht dem Zufall überlassen, sondern präzise geplant und angeleitet werden. Es bedarf einer starken Führungspersönlichkeit mit der unbedingten Fähigkeit zu vorausschauender, streng kalkulierender Organisation.

(Vgl. Blumenhower, Ernst: Handbuch der Betriebswirtschaft, 4. Auflage, Verlag K&K Seidl, München 1997)

Jetzt heißt es also: Nur nicht wieder auf einen Igel treten. Nur nicht wieder zweifeln. Jetzt heißt es: zielorientiert flüchten, und der schnellste Weg zum Ziel führt immer über einen Umweg am Fluss entlang, in den man erst einmal hineingespuckt haben muss, bevor man etwas beginnt. An dessen Ufer man dann noch eine Weile sitzen bleiben muss, um den Zikaden zu lauschen im hohen Gras. Um die Dinge vorbeischwimmen zu sehen, die man alle nicht mehr will: diese Erbstücke, Familienschätze, Liebesbriefschubladen, Versicherungsmakler (da geht gerade einer japsend unter, weil er sich zum Schwimmtraining die Zeit nicht nahm). Jetzt heißt es also: nur nicht hudeln. Nur erst wieder den Wert eines kleinen Sackes Mörtel zu schätzen wissen, für den man weder einen ausreichend großen Behälter hat, um ihn hineinzuschütten, noch einen dichten Eimer, in dem man das Wasser transportieren könnte, das man braucht, um ihn anzurühren, geschweige denn eine Kelle, um loszumörteln. Jetzt heißt es also: spucken.

Und: Dein Erdapfel komme,
deine Ernte geschehe.

Mein Lieber,
ich bin längst nicht mehr die, die Du kanntest. Ich bin eine echte Führungskraft. Sachverständige in Sachen Leichtigkeit. Bruderlos meistens, aber ungemein dynamisch dafür. Ich bin, was Du Dir nie vorstellen konntest: fast nicht mehr vorhanden in der Kartei. Mein Ziel ist: einfach sitzen zu bleiben im immer höher werdenden Gras. Für die Wasserversorgung entlehnte ich mir von der Stadtverwaltung heimlich einen Mistkübel als Regenfass.

PS: Heute habe ich, als ich pinkelnd im Gebüsch saß, ganz kurz nur in ein stilles, kleines Glück geblickt. Es lag zwischen einer leeren, plattgedrückten Milchpackung, einem Stück zerknüllter Aluminiumfolie, einem zerfetzten Fahrradschlauch und einer Bananenschale. Es war wirklich sehr klein, und ganz lautlos, und dann auch gleich wieder verschwunden. Aber es war tatsächlich so ein winziges Glück.

Ich sagte damals zu meiner Yogalehrerin: Ich muss mauern, mauern, mauern.
Dann konnte ich mir die Kursgebühr nicht mehr leisten.

20. MAUERN

Ich höre also auf:
Mit dem Kopf gegen Wände zu laufen.
Ich errichte mir nun meine Wände selbst.

Ich höre auf:
Ständig das Gefühl zu haben, gegen die Wand zu reden.
Ich lege mir eine Sammlung weggeworfener Bleistiftstummel an und schreibe auf meine Wand, was ich ihr zu sagen habe.

Ich schreibe:

Liebe Wand,
ich schreibe dies aus der völligen Einsamkeit heraus und weil ich froh bin, dass es Dich gibt. Jeder braucht doch eine Wand, auf die er im Notfall etwas schreiben kann. Man braucht doch einen Untergrund, ein wenig Raum, um sich zu entfalten, und der Boden ist oft nicht genug. Abgesehen davon liegt dort unten mein toter Maulwurf, dem ich die Ohren schon genug vollgejammert habe. Nein, liebe Wand, ich bin wirklich froh, dass es Dich gibt. Wenn ich eine Bohrmaschine hätte und damit ein Loch in Dich hineinbohren würde, einen Dübel in das Loch steckte und eine Schraube in den Dübel drehte, um daran etwas aufzuhängen, und das würde dann nicht halten, herunterfallen und kaputtgehen, wenn ich also wieder einmal zwischen Scherben stünde, dann wüsste ich, dass das nicht Deine Schuld war, liebe Wand. Es wäre des Dübels Schuld. Weil nämlich kein Dübel der Welt das halten kann, was ich aufzuhängen hätte. Kein Dübel der Welt könnte das tragen.

Ich singe die Hymne an die Mauern:
Mauern haben einen schlechteren Ruf, als sie verdienen. Mauern sind zeitlos und manchmal durchaus elegant. Mauern baut man für die Dauer. Mauern sind von massiver Zärtlichkeit geprägt, wenn man nur genügend mit ihnen spricht. Mauern sind sensibler, als man denkt. Mauern sind zum Bröckeln da. Mauern sind zum Aushalten. Mauern sind treu. Mauern an sich sind friedlich und zum Anlehnen. Mauern sind nicht alle gleich. Mauern sind Grenzen, und Grenzen sind,

differenziert betrachtet, manchmal ein Segen. Mauern sind historisch missbraucht worden. Mauern sind Traumata. Mauern haben Traumata. Mauern sind nachhaltig. Mauern werden romantisch, wenn man ihnen genügend Raum und Zeit dafür gibt. Mauern sollte man öfter streicheln, damit sie bei einem bleiben. Mauern haben eine Menge Feinde: Rigipsplatten, Fertigbauwände, etc. Mauern sind zutiefst hoffnungsvolle Gebilde, wenn man sie sich nur genau anschaut. Mauern professionell zu errichten, ist gar nicht so einfach. Mauern sind mit Vorurteilen behaftet. Mauern sind nicht wie Karrieren, an denen man stets ein wenig herumbastelt. Mauern sind aus Steinen, und Steine sind unsexy, aber das stört mich nicht.

Ich hörte, dass der Portier der Dübelfabrik mittlerweile in Pension gegangen ist und sein Posten durch einen Automaten ersetzt wurde. Ich hörte auch von einem ehemaligen Klassenkameraden, der seine Führerscheinprüfung nicht bestand und sich anschließend in der Duschkabine erhängte. Ich hörte vom Sonderangebot der Pizzeria in meiner alten Straße. Ich hörte von Flüchtlingswellen. Ich hörte davon, dass bereits Sandsäcke gefüllt werden, lange bevor der Fluss einen Namen hat. Ich hörte, dass Sand auch auf Englisch Sand heißt. Ich hörte von wachsender Unruhe. Von wegen Tiefkühltorten. Von wegen Lidschatten. Von wegen Startguthaben. Gartenmöbel. Durchblutungsstörungen. Viertelfettjoghurt. Fitness. Inflation. Fronleichnam. Routenplaner. Haarentfernung. Altersvorsorge. Tankgutscheine. Freizeitparks. Gehaltsrechner. Partnerbörse. Fußballweltmeisterschaft. Ökostrom. Weiterbildung. Privatkredit. Billigflüge. Bio-Schweinebraten. Will ich alles nicht.

Aus den Trümmern meines Elternhauses rette ich:
201 Backsteine
40 Blecheimer voll zerborstener Dachlatten und Bodendielen, teilweise mit Nägeln darin, die noch brauchbar sind und also mit einer Zange, die ich im Baumarkt stahl, herausgezogen werden können
10 Blecheimer voll feuchter Kohlen, die ich nun in der Sonne trockne
2 Holztüren mit gusseisernen Klinken (im Ganzen sehr schwer zu tragen, ich muss mehrmals absetzen und durchatmen)
1 mittelgroßes Stück Welleternit (ursprünglich ein Vordach, errichtet in den 1990er-Jahren, vermutlich damit man im Trockenen vor der Haustür stehen kann – wo ich ja tatsächlich auch sehr oft gestanden habe, weil ich es mochte, eine Weile dort nur einfach so herumzustehen – neuerdings ist dieses Vordach also mein einziges Dach, neu errichtet im Jahr 2016, und mit Teichfolie aus einer verlassenen Schrebergartenanlage noch ein wenig zu vergrößern)
1 leeren Kartoffelsack (Sitzkissen, Teppich, Wandbehang)
1 Schürhaken
1 Schemel
1 Stück Ofenrohr (ca. 1,5 Meter lang)
1 Besen
1 Holzkiste, die man wahlweise als Tisch, als Stuhl oder als Fallobstaufbewahrung verwenden kann
2 zerbeulte Blechtöpfe (ohne Deckel)

1 kleine zerbeulte Blechwanne (durchaus zum Wäschewaschen, aber auch zur Körperpflege geeignet)
3 sehr hübsche, bunte Glasscherben, die in der Sonne herrlich glänzen
1 längeres Stück Schnur (stabil genug, um als Wäscheleine zu dienen)
1 sehr gut erhaltenen Wehrmachtshelm (Stahl), den ich auf dem Flohmarkt an einen Verrückten verkaufe, der so viel Geld für das Teufelsding bezahlt, dass ich mir davon auf demselben Flohmarkt 1 Säge, 1 Hammer, 1 Blechtasse, 2 Handtücher, 1 Hose, 2 Unterhemdchen, 2 Wollpullover, 1 Mütze, 1 Schal, 3 Paar Wollsocken, 1 Packung Kernseife (ca. 20 Stück) und im Haushaltswarengeschäft sogar noch 1 große Packung Zündhölzer und 3 Kerzen kaufen kann
1 Büroklammer (unabdingbar für eine ordentliche Buchhaltung)

Des Weiteren finde ich beim Überqueren von Bahngleisen:
1 Paar schmutziger Arbeitshandschuhe (jedoch ohne Löcher), die jemand neben den Schienen hingeworfen hat, als hätte er gerade eigenhändig diese Bahnstrecke gebaut
1 zerfledderte Tageszeitung (beinahe aktuell, glaube ich)

Ich errichte also:
1 massive Wand aus Backsteinen (gemauert)
2 zusammengeschusterte Wände aus zerborstenen Dachlatten und Bodendielen (genagelt)
1 zusammengeschusterte Wand aus 2 Holztüren (genagelt)

1 zusammengeschusterten Fußboden aus zerborstenen Bodendielen, die ich einfach auf einem Fundament aus Kies feststampfe, den ich in 10 Blecheimerladungen vom Flussufer hertrage
1 Dach wie bereits beschrieben (vorläufig dicht)

Und dann freue ich mich wahnsinnig über 1 Zwiebel, die jemand auf der Stahlbank an einer Bushaltestelle vergessen hat.
Die Stahlbank ist festgeschraubt, es ist mir unmöglich, die Schrauben zu lösen. Die Zwiebel nehme ich mit.
In meiner Notunterkunft setze ich mich auf den Fußboden, lehne mich an meine Backsteinwand, schäle die Zwiebel und beiße hinein. Es treibt mir ein paar Tränen in die Augen. Es schmeckt wunderbar.

Ich bete:
Deine Würze komme,
deine Schärfe geschehe,
wie in der Pfanne, so auch roh.

Mein Lieber,
auch wenn Du mir wieder einmal nicht darauf antworten wirst, so muss ich Dir doch mitteilen, dass ich eine Mauer errichtet habe. Ja, eine schöne Mauer ist das, solange das Ordnungsamt fernbleibt, eine solide Sicherungsmaßnahme, solange ich nicht zu viel träume, eine gute Bleibe, solange ich nicht wieder so tun muss, als liebte ich Reisen, eine herrliche Stille. Drridridrüh.

21. ES DANACH EINFACH EINMAL GANZ STILL SEIN LASSEN

Ich hab's überlebt.
Es ist das Jahr 2016.
Das Haus, in dem ich bis jetzt gewohnt habe, ist mit ohrenbetäubendem Getöse in sich zusammengestürzt. Nun sitze ich in meiner Notunterkunft hinter den Hagebuttensträuchern und halte mich an einem Bleistiftstummel fest. Manchmal raschelt etwas im Laub. Ich weiß nicht, was es ist. Manchmal singt ein Vogel, aber ich weiß nicht, was er meint. Ansonsten ist es ganz still. Ich säge etwas Holz klein. Danach ist es wieder ganz still.

Ein möglicher Titel für einen Ratgeber:
Aus Löwenzahnwurzel kann man einen herrlichen Kaffee zubereiten. (Das Wort Unkraut scheint mir schon lange ein Verbrechen zu sein.)

Liebe Freundin,
ich weiß, unsere Freundschaft hielt nicht lange genug, um uns gegenseitig nach Tampons fragen zu können, wie Freundinnen das tun. Jetzt würde ich Dich gerne nach einem Tampon fragen. Hättest Du einen für mich? Ich mache das alles hier nicht zum Spaß und schon gar nicht aus Abenteuerlust. Das wird mir erst jetzt so richtig bewusst, da mir das Blut ungehindert an meinen Beinen hinunterläuft. Ich habe auch nicht genügend Klamotten zum Wechseln.

Ich rezitiere:
BEDÜRFNIS – Anzeichen für einen individuellen Mangel, der ausgeglichen werden muss, und die daraus entstehende gedankliche Basis für die Entscheidung, etwas zu kaufen. Ein Bedarf wiederum besteht, wenn ein Bedürfnis sich auf ein spezielles Gut richtet. So ist ein Bedürfnis beispielsweise Hunger, der daraus resultierende Bedarf das Bedürfnis nach Essen. Der Bedarf kann dann durch das Aufsuchen eines Marktes (beispielsweise eines Supermarktes) und die dortige Nachfrage gedeckt werden. Selbstverständlich ist es von Fall zu Fall verschieden, ob und inwieweit einem Bedürfnis/ Bedarf und der Nachfrage ein passendes Angebot gerecht werden kann.
(Vgl. Blumenhower, Ernst: Handbuch der Betriebswirtschaft, 4. Auflage, Verlag K&K Seidl, München 1997)

Ich sage: Spitzmorchel. Runzelverpel. Judasohr. Alle essbar.
Danach ist es wieder ganz still. Lokale Lebensqualität einüben. Denke ich. Die Seele baumeln lassen. Kraft tanken. Die Ruhe genießen.
Ich lege mir ein dickes Büschel Moos in die Unterhose.

Liebe Freundin,
weißt Du, ich möchte mich in dieser Stille hier nicht einfach entspannen. Ich bin auch nicht an einer alternativen Lebensform interessiert. Auch wenn mir die Ökonomie im Moment schlüssiger erscheint als die Ökologie, so habe ich doch beides nicht studiert. Aber

vielleicht hätte mir selbst ein Studium nichts gebracht. Vielleicht habe ich nur etwas zu selten den Computer angemacht. Vielleicht hätte ich mir auch ein Smartphone zulegen sollen. Vielleicht hast Du mir zahlreiche E-Mails geschrieben und ich habe sie nur nie gelesen. Vielleicht habe ich ein paar Neuigkeiten verpasst. Ich weiß nur nicht genau welche und wann.

Ich blättere in meiner zerfledderten Tageszeitung:
Obdachloser saß 7 Stunden lang tot in Schnellrestaurant.

Ich hab aber ein Recht auf 3 neue Paar Schuhe im Jahr. Schreit ein Kind, irgendwo in der Ferne, in meine Stille hinein.
Ja, schreit der Vater, das hast du.
Du dämlicher Vater, denke ich. Du dämliches Kind. Schleimköpfe und Klumpfüße. Dickfüße und Seidenköpfe. Dass es die gibt, brachte mir meine Großmutter bei. Und dass davon nicht alle genießbar sind.
Neben mir versammeln sich die Ameisen. Immer mehr Ameisen werden es. Schwarz ist der Boden vor Ameisen. Aber es bleibt still.
Ich sage: Zahlungsunfähigkeit.
Ich sage: Das ist mir wurscht jetzt. Ich sagte damals zu meiner Berufsberaterin: Ich war nie eine Fleischerin und ich werde auch nie eine sein. Das ist das Tragischste.

Ich lese im Horoskop: *Heute sollten Sie sich in Acht nehmen vor den Anfeindungen eines Kollegen. Ziehen Sie klare Grenzen.*

Mein Lieber,
ich sage Ja zur Verlassenschaft. Ich sage auch zu Dir nun Adieu. Heute habe ich so leise wie möglich ins Laub gepinkelt, aus Angst, ich könnte die Ameisen stören. Heute habe ich den 150. Apfel vom Boden aufgelesen. Ich empfinde eine immer länger andauernde Sprachlosigkeit gegenüber dem Fallobst. So langsam komme ich an.

PS: Ich werde mich nun höchstwahrscheinlich nicht mehr bei Dir melden. Falls Du im Gegensatz zu mir gerade Internet hast, gib doch mal dieses Wort in die Suchmaschine ein: verschwindend.

Als der Ernstfall damals eintrat, der Dammbruch, die Privatinsolvenz, der Abrissbagger, die Sprachlosigkeit, da flüchtete ich in Gedanken mit meinem Bruder, der während der Flucht immer langsamer wurde und bald schon weit hinter mir lief. Ich rief ihm, während wir so liefen, über die Schulter hinweg diesen letzten Satz zu: Wir sollten nicht heiraten, wir sollten uns lieben, solange es geht, und zum Teufel kein Konto eröffnen.

Ich glaubte ja nicht an den Teufel. Ich glaubte an Mangelwirtschaft. Ich glaubte an Blecheimer. Ich glaubte an eine gute Axt. Ich wusste, ich würde nie wieder auf einer alten Mauer an einem schönen, ruhigen Fluss sitzen, eine Birke betrachten, Nüsse knacken und deren Schalen gedankenverloren ins Wasser werfen. Ich würde auch nicht mehr sagen: Nein danke, ich will keine Zigarette. Wenn einer fragte. Ich würde nur noch den Kopf schütteln und denken: Ich mache bei dieser Flut nicht mehr mit.

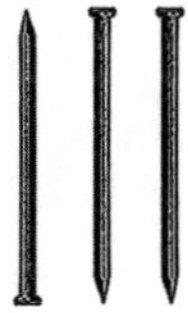

Mit einem Ast schreibe ich in den Waldboden zu meinen Füßen:

ANLEITUNG ZUR SELBSTVERWALDUNG:

1. DEN WALD VOR LAUTER TRÄUMEN SEHEN

Ich reibe mir die Augen, blinzle und muss feststellen: Das ist beim besten Willen kein Wald hier. Das ist eigentlich eine Frechheit. Das sind ein paar Hagebuttensträucher, nun gut. Eine Birke, ein wilder Apfelbaum, sehr viele Brennnesseln und sehr viele Brombeerranken. Sogar das ein oder andere Moos. Ein paar Laubbäume, ein paar gewöhnliche Sträucher. Durchaus gängiger Wildwuchs. Dazwischen: eine Menge Mist und eine Menge Schrott.

Das hier ist Brachland. Von den Stadtplanern vergessener Grund. Eine verwaiste Landschaft.

Und doch: Schließe ich hin und wieder die Augen.

Und doch sage ich: Oh Waldeinsamkeit.

Und dann ist das ein Wald hier. Und ich stehe mittendrin.

Und habe Hunger.

Unser spärlich Butter gibt es nur manchmal (nicht heute),
also vergib uns unser Püree,
wie auch wir vergeben deine Kartoffelfäule.
Und führe uns nicht in den Hunger,
sondern erlöse uns vom Magenknurren.
Denn dein ist der Reibekuchen,
und die Suppe,
und das Gröstl,
in Ewigkeit,
Erdäpfel.

Zu den Mülltonnen des Supermarktes kann ich erst am Abend gehen, weil vorher nichts darin zu finden ist. Bis dahin erzähle ich mir selbst Märchen: Aschenputtel geht einkaufen. Es möchte ein paar Schuhe kaufen, aber es hat nicht viel Geld. Im Schuhgeschäft findet Aschenputtel schöne Schuhe, aber sie sind zu teuer. Der Schuhverkäufer gefällt Aschenputtel. Er sucht noch eine Partnerin für den Verkäufer-Ball. Die Frau, der die Schuhe passen, die auch Aschenputtel gefallen, diese Frau soll seine Partnerin werden. Aschenputtels Stiefschwestern kommen und probieren die Schuhe an. Sie möchten auch auf den Ball gehen. Aschenputtel haut ab. Die Schuhe passen den Stiefschwestern nicht. Aschenputtel kommt zurück ins Schuhgeschäft. Es probiert die Schuhe an und sie passen. Aschenputtel und der Schuhverkäufer gehen zusammen auf den Ball und tanzen. Sie tanzen aus dem Ballsaal hinaus in den Wald. Sie tanzen an meiner Notunterkunft vorbei.
Ich bin zu hungrig zum Tanzen.

In der Dämmerung laufe ich los. Ich finde:
1 Bund Radieschen
2 Packungen Butterkekse
2 Packungen Emmentaler Käse (in Scheiben)
1 Packung Erdbeeren
4 Packungen Knäckebrot
2 Packungen Spaghetti
1 Karton Viertelfettjoghurt
3 Packungen Gummibärchen

Ich sitze auf meiner Gartenbank. Als Teller dient mir ein Reststück Bodendiele. Heute habe ich Glück gehabt, ich brauche zum Essen weder Messer noch Gabel. Den Viertelfettjoghurt schlürfe ich. Ich zünde eine Kerze an, wickle mich in meinen leeren Kartoffelsack ein und sage zu dem toten Maulwurf in seinem Grab: *Oh süße Freudigkeit.*

2. DEN WALD VOR LAUTER ZÄUNEN SEHEN

Im Traum stehe ich im Schuhgeschäft. In dem Geschäft liegt glänzendes, helles Holzparkett. Ich setze mich auf den Boden und streiche mit den Händen darüber. Dann knurrt mein Magen, der Schuhverkäufer schaut mich vorwurfsvoll an. Ich stehe auf und gehe die Regale mit den Schuhen ab. Mein Blick fällt auf ein Paar weiße, hochhackige, grazile Damenschuhe. Ich nehme einen der Schuhe aus dem Regal und beiße mit aller Kraft hinein. Kaue. Beiße wieder hinein, kaue. Ich esse den Schuh Stück für Stück auf. Das Beißen und Kauen schmerzt, aber ich esse weiter. Meine Zähne knirschen, werden locker, aber ich esse weiter, esse auch den zweiten Schuh. Meine Zähne fallen mir aus. Ein paar schlucke ich mit hinunter, ein paar spucke ich aus. Eine rote, mit Eiter durchsetzte, zähe Masse tropft mir aus dem Mund. Kein Zahn ist mehr an seinem Platz. Ich kann die rote Masse nicht mehr halten, sie quillt mitsamt den restlichen Zähnen aus mir heraus und verteilt sich auf dem Parkett. Eine rote Pfütze, die immer größer wird.

Ich liebe dich, sagte ich damals zu meinem Schuster, aber ich werde nicht bei dir bleiben können.
Ich bin nicht sicher, ob es ihn interessierte, aber ich wollte es wenigstens gesagt haben. Ich wollte mir später nicht vorwerfen, diesen Satz nie ausgesprochen zu haben: Ich liebe dich.
»Kein Feuer, keine Kohle kann brennen so heiß,
als heimliche Liebe, von der niemand nichts weiß.«
Das hatte meine Großmutter manchmal gesungen, während sie Wurstdärme füllte oder große Speckstücke zum Trocknen aufhängte. Andere Großmütter sangen, während sie Kuchen buken oder bunte Kugeln an den Christbaum hängten. Meine Großmutter sang im Hinterzimmer unseres Fleischereigeschäfts. Zwischen dieser Tatsache und der heimlichen Liebe schien es für mich als Kind einen Zusammenhang zu geben, der mir ganz natürlich und logisch erschien. Ich konnte diesen Zusammenhang nicht erklären. Ich brauchte damals keine Erklärung dafür. Und auch wenn der Begriff Liebe für mich später eindeutiger und besser zu beschrei-

ben war, so blieb er doch immer mit Feuer und Kohle verbunden, mit Wurstdärmen und Speckstücken und Hinterzimmern. Bis heute habe ich das Gefühl, dass vor allem eines nicht gut sein kann, wenn es um eine Liebe geht: dass sie heimlich bleibt. Man muss sie aussprechen, auch wenn man sie einem Schuster gegenüber ausspricht, der griesgrämig und abwesend ist, weil er weiß, dass sein Beruf ein überflüssiger Beruf geworden ist, seit kein Mensch mehr seine Schuhe in die Reparatur bringt, weil ein neues Paar Schuhe viel weniger kostet als eine Schusterstunde, und weil der Schuster, dem man die kaputten Schuhe bringen würde, griesgrämig und abwesend ist und man das Gefühl bekommt, er möchte eigentlich seine Ruhe haben. Er möchte eigentlich kein Schuster mehr sein. Und dafür liebte ich ihn gleich noch viel mehr.
Es ist aussichtslos, sagte ich, es ist mir ein Fest.

Die wilde Minze, die am Flussufer wächst, ist meine Zahnpasta, mein Deodorant und meine Magentablette. Ich kenne eine Menge Stellen, wo der Löwenzahn wuchert. Das ist gut. Das ist immerhin etwas.

Vielleicht war Judas nicht einmal an ADHS erkrankt, sondern nur perspektivlos und enttäuscht.

Als ich damals aufhörte, Fleischerin zu sein, fing ich bald an, diese Spaziergänge zu unternehmen. Immer längere Spaziergänge mit immer weniger Pausen. Das einzige Ziel dieser Spaziergänge war es, nirgendwo anzukommen, sondern einfach zu gehen, und zu gehen,

und zu gehen, so lange, bis ich nicht mehr gehen konnte und vor Erschöpfung umkehren musste.
Du kannst schon mal reingehen und dir deine Relaxhose anziehen, hörte ich einmal im Vorbeigehen eine Mutter zu ihrer Tochter sagen. Sie waren gerade aus einem Auto gestiegen, die Mutter wuchtete große Körbe voller Einkäufe aus dem Kofferraum. Die Tochter sagte: OK.
Sie verschwand in dem Haus, vor dem das Auto parkte. Die Mutter keuchte, weil die Körbe sehr schwer waren. Ich ging zu ihr hin und fragte: Soll ich Ihnen helfen?
Die Mutter erschrak ein wenig, weil sie mich nicht hatte kommen sehen. Sie musterte mich, ganz kurz nur, und sagte dann schnell: Nein, danke, es geht schon.
An diesem Tag ging ich, bis meine Füße in den alten Schuhen, die auch geflickt nichts mehr aushielten, so nass und kalt waren, dass ich meine Zehen nicht mehr spürte. Dann dachte ich: Wer rastet, der rostet. Und wer rostet, muss weg.

Auf meinen jetzigen Spaziergängen sammle ich ein, was ich in der Umgebung finde und für halbwegs brauchbar halte: Autoreifen, leere Farbeimer, Kanister, Blechdosen, Kabel (darunter einige Kupferkabel), 1 Bürostuhl, 1 Stück Regenrinne, sogar 1 rostigen, aber durchaus verwendbaren Spaten.
Ich stelle alles vor meinem kleinen Haus ab, begutachte Stück für Stück, setze mich auf meine Gartenbank und sehe ein prächtiges Gemüsebeet vor mir, ein paar Blechdosen, mit Kabeln an meinen Holzwänden befestigt, in denen Pelargonien wachsen.

Liebe Wand,
ich denke, die innere Unabhängigkeit steht und fällt mit ein paar Pelargonien am Haus. Wo es die gibt, da kann auch noch mehr wachsen. Ich weiß, dass man sie nicht essen kann, und dass Du Dich vielleicht wunderst, was ich ausgerechnet mit Pelargonien will. Aber es sind Storchschnabelgewächse, verstehst Du?

In der Ferne zerbricht Glas und ein Mann ruft: Scheiße, verdammte.
Eine Frau ruft: Weil du auch nie bei der Sache bist.
Ich sagte einmal zu meinem Gynäkologen, mit dem ich, wenn ich ihn zur jährlichen Krebsvorsorge aufsuchte, stets ins Plaudern kam: Ich habe sehr wohl das Recht auf ein ordentlich gedecktes Dach. Es ist immerhin das Dach meines Elternhauses. Ich habe auch das Recht darauf, Schnittblumen zu verabscheuen. Ich schätze Wurzeln eben mehr als Vasen.
Mein Gynäkologe sagte: Sie werden sicher einmal eine gute Mutter sein.
Es kam damals, wie gesagt, das Problem mit der Krankenversicherung dazwischen. Ich hatte kein Geld mehr, und ich habe meinen Gynäkologen daher nicht wiedergesehen. Geschweige denn hätte ich es mir noch leisten können, mein Dach decken zu lassen. Schließlich gehörte dann ja auch das Dach nicht mehr mir.

Ich hatte eine einzige Tante, die Schwester meiner Mutter, die holte mich, als ich noch ein Kind war, nachmittags manchmal ab und ging mit mir in ein Spielzeug-

geschäft. Dort sagte sie jedes Mal: Einwas darfst du dir aussuchen, das kaufe ich dir.
Es gab da aber immer so viele Sachen, dass ich mich nie für Einwas entscheiden konnte. Meine Tante hatte an diesen Nachmittagen auch nie sehr viel Zeit, sie hatte immer noch einen Termin und konnte nicht mit mir im Spielzeuggeschäft herumstehen, bis ich endlich wusste, was ich wollte. Also suchte meist sie mir schnell etwas aus, das trug ich dann vorsichtig mit beiden Händen nach Hause und wusste dort nicht recht, was ich damit spielen sollte und ob ich überhaupt damit spielen durfte.
Nur einmal, da sah ich im Spielzeuggeschäft einen kleinen Plüschmaulwurf, der hatte ein ganz zerzaustes Fell und 2 winzige, schwarze Knöpfe als Augen. Ich sagte sofort: Tante, den möchte ich gerne.
Meine Tante sagte: Aber sicher nicht. Mädchen spielen nicht mit Maulwürfen, meine Süße.
Sie kaufte mir stattdessen etwas anderes, ich habe vergessen, was es war.
Viel später, als meine Mutter gerade gestorben war, da besuchte meine Tante mich nach Jahren das erste Mal und brachte mir einen Strauß Blumen einer Sorte, die ich nicht kannte. Ich wollte sie fragen, ob sie mir bei der Organisation des Begräbnisses helfen könne, vielleicht auch mit ein wenig Geld, das sie natürlich zurückbekommen würde, sobald es ging. Ich traute mich nicht gleich, sie zu fragen, nachdem wir uns so lange nicht gesehen hatten. Ich holte ein großes Stück Schinken aus der Vorratskammer und schenkte es ihr. Sie nahm es nicht, sie sagte: Mir tut das nicht gut, und es hat mir nie gut getan. Ich ernähre mich jetzt nur noch vegan. Ich

muss auf mich schauen. Deine Mutter hätte das ja auch viel mehr tun sollen.
Sie schniefte.
Ich fragte sie nicht. Ich schnitt mir vor ihren Augen ein Stück von dem Schinken ab und knabberte nervös daran herum. Ich konnte aber nicht schlucken, weil ich, während ich so knabberte, laut zu weinen und zu schluchzen begann. Die halb zerkauten Schinkenstückchen fielen mir wieder aus dem Mund. Meine Tante legte mir ihre Hand auf das Knie, es störte sie anscheinend nicht, dass ein paar Schinkenstückchen darauf landeten, und sie sagte sehr bestimmt: Meine Süße.
Dann stand sie auf, holte eine Vase für die Blumen und stellte sie vor mir auf den Tisch. Ich weinte und schluchzte immer weiter. Ich hätte gerne noch etwas gesagt. Aber es ging nicht.

Endlich wird es nun wieder Abend. In der ersten Dämmerung mache ich mich mit meinem Spaten auf den Weg in die Vorstadtsiedlungen. Wenn es dunkel genug ist, werde ich dort über die Zäune springen und mir ausgraben, was ich brauche.
Ein herrliches Gemüsebeet wird das, wenn ich nur auffällig genug in die Überwachungskameras der Vorstadtsiedlungsgärten grinse, ein zauberhafter Garten, wenn ich ihn nur niemals einzäune, ein großes Unkrautgelage, mindestens eine frische Mahlzeit täglich und ein wirklich wahrer Trost.

Der erste Zaun, vor dem ich stehe, ist zu hoch, um darüber zu springen oder zu klettern. Ich muss eine Weile

suchen, bis ich endlich ein Loch darin finde, das ich ein wenig vergrößern und dann durchschlüpfen kann. Es war wohl für eine Katze gedacht.
Ich flüstere, während ich mich durch das Loch zwänge: Achtung! Dies ist eine nicht genehmigte Aktion.
Drohungen, die geflüstert werden, fand ich schon immer eindringlicher. Dann grabe ich mir schnell ein paar Pflänzchen aus und trage sie vorsichtig mit mir davon.

3. DEN WALD DENKEN

Am nächsten Morgen liegt eine tote Ratte vor meinem Haus. Ich frage mich, ob sie dort starb oder ob jemand sie dort hingelegt hat, und wenn ja, dann wer und weshalb. Ich verschiebe die Beantwortung dieser Frage auf später. Ich trete in die Morgensonne neben die tote Ratte und lese im »Handbuch der Betriebswirtschaft«:

FORTSCHREIBUNG – Änderungen bezüglich der Art, der Zugehörigkeit und des Wertes einer zu betrachtenden Einheit werden während der Periode von einer Hauptfeststellung zur nächsten zur Kenntnis genommen und für zukünftige Entscheidungen in den Prozess der Entscheidungsfindung miteinbezogen. [...]

(Vgl. Blumenhower, Ernst: Handbuch der Betriebswirtschaft, 4. Auflage, Verlag K&K Seidl, München 1997)

Ich habe Ratten nie gemocht, bin aber momentan mehr denn je dazu bereit, Änderungen zu berücksichtigen, um den Wert des Waldes, den es hier eigentlich nicht gibt, bestmöglich fortzuschreiben. Ich ernenne diese Ratte also – neben mir, dem Vorstand dieses privaten Betriebes – zu meiner Betriebsratte, und ich hebe ihr eine würdige Grabstätte am Waldrand aus (womit ich das räumliche Ausmaß des Waldes automatisch festlege). Möglicherweise hat sie ein sinkendes Schiff verlassen und starb an dem Trauma, das sie dabei erlitt. Möglicherweise muss man eine traumatisierte Betriebsratte am Rand eines Waldes begraben, den es nicht gibt, um dem Wahnsinn zu entgehen. Und man braucht diesen Wald, damit man hineinrufen kann: Ich habe keine Angst!
Auch wenn nichts herausschallt.

Vom Vogelflug (und ausschließlich davon) mache ich nun alles abhängig. Die Elster, die ich soeben vorbeifliegen sah, nehme ich daher als willkommenes Zeichen dafür, dass heute ein besonders guter Tag zum Stehlen ist. Mein Gemüsegarten ist noch lange nicht komplett.

Und wird es auch nie sein. Denke ich und bekomme Herzrasen.
Schnell beginne ich zu summen und singe schließlich: Das Lied vom ewigen Kohl, von der Luftzwiebel, vom Rhabarber und vom kriechenden Sellerie.
Es beruhigt mich ein wenig, und ich betrete die Gartenabteilung des Baumarktes, fast ohne zu zittern.
Ich flüstere: Achtung! Dies ist eine nicht genehmigte Aktion.

Dieses Mal geht es mir aber nicht ganz so einfach über die Lippen, sodass auch die Eindringlichkeit auf sich warten lässt.

Dann gehen wir jetzt ins Büro des Filialleiters und ziehen uns aus, da werden wir schon sehen, was da noch alles herauskommt. Sagt die Mitarbeiterin des Baumarktes. Sie sah, wie ich ein Päckchen Radieschensamen unter meinen Pullover steckte.
Ich sage: Ich werde mich in keinem Büro der Welt und schon gar nicht vor dem Filialleiter einer Baumarktkette ausziehen, in der es noch nicht einmal ordentliche Backsteine zu kaufen gibt.
Ich sage: Ich frage mich, womit sonst man etwas bauen soll, wenn nicht mit guten alten Backsteinen, und warum das hier dann überhaupt Baumarkt heißt.
Ich sage: Ich frage mich, warum es in dieser sogenannten Gartenabteilung keinen einzigen vernünftigen Spaten gibt, denn dass es keinen gibt, weiß ich, den hätte ich nämlich längst gestohlen. Stattdessen habe ich den brauchbarsten Spaten, den ich mir vorstellen kann, rostend in einem Gebüsch gefunden.
Ich sage: Ich frage mich, warum Sie mich mit der Heckenschere (die im Übrigen nicht zu viel mehr taugt, als sich das Haar damit zu kürzen), der Zange mit den Kunststoffgriffen und dem Sack Mörtel, der völlig überteuert gewesen wäre, einfach haben gehen lassen, als wäre das tatsächlich von kleinerem Wert als die Bohnensamen, die Erbsensamen, die Tomatensamen, die Gurkensamen, die Rübensamen, die Kohlsamen, die Kürbissamen unter meinem Pullover sowie der Sellerie-

setzling zwischen meinen Brüsten und die Radieschensamen, die Sie nun bereits kennen.
Ich sage: Das soll mir mal einer erklären.

Und Setzlinge, das ist im Grunde ein zutiefst hoffnungsvolles Wort, denke ich.

Auf dem Schreibtisch des Filialleiters liegt ein winziger Gummihaifisch.
Finanzhai, sagt er, weil ich lange darauf starre und ihm nicht zuhöre.
Dann sagt er: Nun erklären Sie mir das doch einfach.
Ich starre auf den Finanzhai.
Der Filialleiter sagt: Ich meine, Saatgut. Wer stiehlt denn Saatgut.
Ich starre auf den Finanzhai.
Ich sage: Jemand, der anscheinend tatsächlich mitten im Wald steht. Und dieser Wald wächst immer dichter und immer höher und immer grüner über meinen Kopf hinaus.

4. DEN WALD WOLLEN

Ich sage: Ich kann es abarbeiten. Ich kann tragen, schleppen, schuften. Meine Oberarme sind enorm.
Ich sage: Buckeltäubling. Gewöhnlicher Raustielröhrling. Echter Reizker. Haben Sie die schon mal gegessen?

Liebe Wand,
heute habe ich keine Zeit, Dir viel zu sagen, denn ich muss mein Saatgut abarbeiten. Ich hoffe darauf, ein paar Mörtelsäcke tragen zu dürfen, ein paar Holzbalken durch den Baumarkt zu schleppen, mich bei den Natursteinbodenplatten ein wenig abschuften zu dürfen. Ich hoffe auf ein wenig Schweiß, Blut und Staub.

Aber es wird doch hier nicht geschuftet, sagt der Filialleiter. Es wird gezählt! Zuerst die Nägel, dann die Schrauben, dann die Muttern, dann die Dübel.
Eine schöne Arbeit für eine schöne junge Frau. Sagt der Filialleiter.
Dann schwimmt er zurück in sein Finanzhaibecken.
Ich zähle:
1 Nagel.
2 Nägel.
3 Nägel.
4 Nägel.
Das Radio ist so laut, dass ich mich kaum konzentrieren kann. Aus riesigen Lautsprechern, die im ganzen Baumarkt verteilt sind, sagt ein Sprecher:
Mehrere schwere Explosionen.
11 Nägel.
Missbrauchsvorwürfe zurückgewiesen.
16 Nägel.
Fachkräftemangel.
24 Nägel.
Extreme Temperaturschwankungen.
38 Nägel.

Der Sprecher sagt: Das Ultimatum läuft heute aus.
Dann läuft Musik: *Baby, bitte mach dir niiieee mehr Sorgen um Geld, gib mir nur deine Hand, ich kauf dir morgen die Welt.*
Eine junge Frau sagt im Vorbeigehen zu ihrem Freund: Das hatten wir schon mal.
Der Freund sagt: Das auch. Das hat nicht lang gehalten.
Die junge Frau sagt: Das hab ich schon oft in neuen Wohnungen gesehen.
Der Freund sagt: Zu oft. Und ich sage es nochmal: WIR brauchen das nicht.
Die junge Frau sagt: Nehmen wir das doch mal mit. Brauchen wir sonst noch irgendwas?
Der Freund sagt: Nein.
63 Nägel. 64 Nägel. 65 Nägel. 67 Nägel.
Im Radio singt einer: *Tonight's gonna be a good night.*
Wir können auch durch das Parkhaus rausgehen. Sagt eine ältere Frau zu ihrem Mann. Sie bekommt keine Antwort.
Wenn du mich suchst, ich bin bei den Profildichtungen. Sagt ein anderer Mann zu seiner Frau.
97 Nägel. 99. Nägel. 105 Nägel.
Der Radiosprecher sagt: Man sehe keine Risiken, die nicht beherrschbar wären.
Eine Mutter ruft: Pia, wenn du jetzt nicht aufhörst, sperr ich dich ins Auto.
Ein junger Mann sagt: Freiliegende Stromleitungen sind nicht wirklich sexy.
Ein älterer Mann sagt: Die billigen Fußbodenleisten sehen doch genauso aus wie die teuren.
123 Nägel.

Jeder hat ein Recht auf ein Bankkonto. Sagt der Radiosprecher.
Na, wird's langsam langweilig? Ruft die Mutter Pia zu.
Dann sagt sie zu einem Mann, der vielleicht Pias Vater ist: Das Laminat sieht dem richtigen Holz wirklich zum Verwechseln ähnlich.
Der Radiosprecher sagt: Der schönste Bonus für das schönste Design. Er wird unterbrochen von einer erotischen Frauenstimme: Jeden Freitag bis 22 Uhr. Jeden Freitag bis 22 Uhr. Geöffnet.
156 Nägel. 187 Nägel.
Im Radio singt eine Frau: *And you're singing the songs thinking this is the life.*
213 Nägel.
Your head feels twice the size.
219 Nägel. 221 Nägel.
Where you gonna go, where you gonna sleep tonight?
225 Nägel.
Where you gonna sleep tonight?
Du könntest schon mal nach einem Wärmetauscher schauen. Sagt ein anderer Mann zu seinem erwachsenen Sohn.
Wir könnten auch einfach öfter lüften. Sagt der Sohn.
Die erotische Frauenstimme aus dem Lautsprecher sagt: Das Angebot des Monats.
257 Nägel.
Während ich zähle, denke ich sehnsüchtig an meine Gartenbank mit Blick auf das Maulwurfsgrab. Im Gedanken rezitiere ich:

HAUSBANK – Jene Bank, mit welcher ein Kaufmann/Unternehmen einzig und uneingeschränkt, oder zumindest in signifikantem Ausmaß, zusammenarbeitet. Das Prinzip der Hausbank verliert seit einiger Zeit an Tragweite, da die Bereitwilligkeit, sich an nur eine einzelne Bank zu binden, stetig abnimmt. Dies hängt sicherlich in hohem Maße mit dem zunehmend stärker werdenden Trend zum sogenannten In-house-Banking (Disintermediation) zusammen.

(Vgl. Blumenhower, Ernst: Handbuch der Betriebswirtschaft, 4. Auflage, Verlag K&K Seidl, München 1997)

Entschuldigung, wo sind denn hier die Profildichtungen. Ich kann sie einfach nicht finden. Sagt eine Frau zu einem Angestellten des Baumarkts, der sich am Kopf kratzt.
Da muss ich erst den Computer fragen. Sagt er.
291 Nägel.
Dann höre ich die Stimme meiner Schulfreundin. Ich erkenne sie sofort.
Sie sagt: Ich sehe was, was du nicht siehst, und das ist silber.
Sie kichert. Sie ist noch immer sehr groß. Größer, als der Mann, der neben ihr geht.
Der Mann sagt genervt: Und was soll das sein?
Sie sagt: Die Star-Wars-Tapete da. Was meinst du, fürs Kinderzimmer?
Der Mann sagt: Du bist erst im dritten, Schätzchen, und wir haben grad echt andere Sorgen. Oder nicht. Er nimmt sie an der Hand und zieht sie weiter. Sie verschwinden in der Sanitärabteilung.

Ich folge ihnen nicht.
Ich denke: Kinderzimmer.
Kinderzimmer.
Kinderzimmer.
Noch bevor das Kind einen Namen hat.
Ich denke: Wahrscheinlich hätte sie keinen Tampon für mich. Wahrscheinlich ginge meine Freundin mir auch jetzt lieber aus dem Weg.

Im Radio laufen die Nachrichten. Zwischen einem liegen gebliebenen Reisebus und einem Holzkeil auf der Fahrbahn lässt ein Bub, der hinter seinem Vater her trottet, einen Luftballon platzen. Ich zucke zusammen vor Schreck. Der Vater sagt: Das war das letzte Mal, dass ich dir einen Ballon gekauft hab.
Der Bub sagt: Das war keine Absicht.
Der Vater sagt: Das ist mir egal.

Ich liebe Holzkeile, die auf der Fahrbahn liegen, und die Nägel, die ich übersehe.
Die erotische Frauenstimme aus dem Lautsprecher sagt: Es ist wieder so weit – beachten Sie ab jetzt unsere zahlreichen Happy-Hour-Angebote im Kassabereich. Nur für Sie, nur hier, nur nach 4.
Ich gehe zum Filialleiter und sage: Wenn Sie möchten, lade ich Sie morgen zum Pilzessen ein und dann zeige ich Ihnen mein Gemüsebeet.
Am Ende des Tages trage ich unter meinem Pullover noch eine kleine, feine Axt mit in den Wald.

5. DEN WALD UNBEDINGT WOLLEN

Liebe Wand,
das kannst Du Dir nicht vorstellen. Was da draußen los ist. Ich habe heute der Realität ins Gesicht gesehen, die sich mir in einem Baumarkt präsentierte, und die also solide und handfest sein muss. Stell es Dir besser nicht vor, wie sie ausschaut, sonst fängst Du noch zu bröckeln an. Stell Dir besser den Mirabellenbaum vor, den ich auf dem Heimweg entdeckte, und den Sperling, der darin saß. Damit Du es Dir besser vorstellen kannst, schreibe ich es Dir noch einmal auf:
Mirabellen.
Mirabellen.
Mirabellen.

PS: Die Wohnungen der Seligen sind heute, glaube ich, mit Laminat ausgelegt.

Morgen kommt der Filialleiter zum Essen. Ich hörte, dass man viel Zeit miteinander verbringt, wenn man dabei ist, sich kennenzulernen.
Man erzählt sich, was man so tut. Ich werde sagen: Ich sitze oft und lange auf meiner Gartenbank oder ich schreibe etwas auf meine Wand.
Man erzählt sich, was man mag und was nicht. Ich werde sagen: Ich mag meine 3 bunten Glasscherben, die in der Sonne herrlich glänzen, und ich mag auch das Geräusch von Hagebuttenranken, die im Wind über mein Well-

eternitdach streichen. Ich mag Backsteine, Holz und Zikaden. Ich mag den Wald, den es nicht gibt, und ich mag es nicht, wenn ich das bemerke.
Man erzählt sich, wo man herkommt. Ich werde also noch einmal zu der Stelle gehen müssen, an der mein Elternhaus stand, damit ich etwas dazu sagen kann.

Ich gehe los. Im Gehen überlege ich mir, was ich morgen außerdem alles sagen werde. Ich werde sagen: Das ist der Eimer für die Tomatenpflanzen, das der Autoreifen für die Erbsen, das die Regenrinne, in der die Radieschen wachsen werden und das der halbierte Kanister für die Bohnen. Einen kleinen Kartoffelacker möchte ich anlegen, das ist mein größter Traum. Das ist meine Regentonne. Bis jetzt hat mein Magen das Regenwasser gut vertragen. Und wenn mir eine Katze oder eine Ziege zuliefe, würde ich platzen vor Glück.
Ich werde sagen: An Kinder denke ich schon, aber später. Ich habe nämlich einen Bruder, der fast nie da ist. Manchmal stelle ich mir vor, es sind alle Männer im Krieg. Sie sind lange dort, und man weiß nicht, ob sie wiederkommen. Man muss sich heutzutage schon als junge Frau auf das Alleinsein einstellen. Man muss sich trainieren, damit man das ganze Chaos hier allein enttrümmern kann. Man muss achtgeben auf sich. Man darf nicht jammern. Man darf sich die Kinder nicht zu sehr wünschen, sonst lachen sie einen aus. Und dann denke ich: Ich sollte öfter singen und tanzen, das geht auch allein. Es hört auch keiner, wenn ich schief singe. Oder manchmal so alberne Lieder. Und ich sage ja sonst nicht so viel.

Dann sage ich, während ich gehe, das Menü auf, das ich für den Filialleiter und mich kochen werde:
Vorspeise: Salat aus vierblättrigen Kleeblättern, Sauerampfer, Löwenzahn und Distelstängeln an Apfelessig (zerquetschter, alter Apfel)
Hauptspeise: auf dem offenen Feuer geschmorte, essbare Waldpilze (dafür werde ich morgen ausnahmsweise im Supermarkt noch ein Stück Butter stehlen) mit Bärlauchwurzeln, Wiesensalbei, Quendel und Dost, dazu Brennnesselspinat
Dessert: Fallobst und Beeren (Äpfel, Mirabellen, Brombeeren) in Viertelfettjoghurt (noch vorrätig) mit wilder Minze, dazu je einen Butterkeks (die letzte Packung ist dann leer)

Dazu werde ich benötigen:
2 Teller
2 Gabeln
2 Messer
2 Löffel

Dies zu besorgen, denke ich im Gehen, scheint mir momentan noch die größte Herausforderung zu sein. Im Notfall muss ich morgen noch ein wenig Kupferkabel verkaufen.

Ich gehe weiter, rechne durch, wie viel Kupferkabel ich noch besitze und wie viel ich dafür bekommen werde. Und plötzlich stehe ich vor einem gewaltigen Loch.

Ein Loch ist das Gegenteil von einem Elternhaus.
Ein Elternhaus, das zu einem Loch wurde, ist quasi wirklich kein Elternhaus mehr.
Es ist ein Loch.
Und es bleibt ein Loch.
Ein Loch mit einem Zaun darum. Ein richtiges Vorzeigeloch.
Ein Bagger steht daneben und hält Wache. 2 Männer stehen auf dem Grund des Loches. Sie schauen ganz klein aus von hier oben. Sie tragen gelbe Bauhelme auf ihren Köpfen, 2 winzige, gelbe Punkte. 2 verlorene Glühwürmchen in einem tiefen, schwarzen Nichts.
Ich schwanke. Ich muss mich am Zaun festhalten, damit ich nicht umfalle.
Hier entstehen 12 neue Wohnungen mit Tiefgarage und Kinderspielplatz. Lese ich, bevor es auch vor meinen Augen ganz schwarz wird.
Wenn ich jetzt einen Eimer weiße Farbe dabei hätte, denke ich noch, dann würde ich diese Werbetafel einfach weiß übermalen.

6. DEN WALD BESINGEN

Ich will das Lied vom Loch singen. Aber es hat keinen Text. Also pfeife ich.
Dann singe ich das traurige Lied davon, dass ich dem Filialleiter nichts werde sagen können, wenn er fragt, woher ich komme.

Ich übe das Lied vom Verlust ein, das der Filialleiter vielleicht am ehesten verstehen wird:

VERLUST – Im quantitativen Ausmaß zu begutachtendes und in diesem Sinn als negativ einzustufendes Resultat unternehmerischer Anstrengungen. Der Verlust wird in den jeweils unterschiedlichen Erfolgsrechnungen jeweils unterschiedlich bezeichnet.

(Vgl. Blumenhower, Ernst: Handbuch der Betriebswirtschaft, 4. Auflage, Verlag K&K Seidl, München 1997)

In meiner Erfolgsrechnung lautet die Bezeichnung: Herkunftsverlust.
Ich dichte auch darüber ein Lied und wende mich wieder meiner Wand zu:

Liebe Wand,
ich habe in ein tiefes Loch geschaut. Damit Du eine Vorstellung davon bekommst, wie tief es war, zeichne ich es Dir auf (ich zeichne einen Kreis). Und ich frage mich: Kann man glücklich werden mit einer Tiefgarage? Kann man auf einem Kinderspielplatz spielen? Ich habe wirklich keine Antwort. Ich weiß nur, man kann in einem Wald stehen, den es nicht gibt, und ihn lieben. Man kann Waldfreund-Rüblinge finden und man kann sie essen. Sie schmecken zwar nur mittelmäßig, aber sie können die Farbe ihrer Hüte verändern. Das gefällt mir sehr.

Ich wünschte, ich wäre flexibler. Oder endlich so alt, dass ich es nicht mehr sein muss und das auch niemandem zu erklären brauche.

Früher sagte ich öfter zum Postboten: *O Täler weit, o Höhen, o schöner grüner Wald, du meiner Lust und Wehen andächt'ger Aufenthalt.*
Er lachte dann immer, ganz kurz nur, und wünschte mir leise einen angenehmen Tag. Als die ersten Briefe mit farbigen Umschlägen kamen, fing ich an, dem Postboten aus dem Weg zu gehen.

Nun zwinge ich mich, einfach nur still auf meiner Gartenbank zu sitzen und zu atmen. Auf nichts zu warten und nichts beenden zu wollen. Möglicherweise kommt ja doch noch eine Ziege vorbei. Oder ein fetter Hauskater, den ich Erwin taufen würde, weil kein Hauskater so heißt, sondern weil Großväter so heißen, die man nie kennenlernte, weil sie aus Russland nicht mehr heimgekommen sind. Erwin würde schnell wieder schlank werden bei mir, denn ich hätte kein Dosenfutter für ihn, ich würde ihm stattdessen das Mäusefangen wieder beibringen, das Klettern auf Bäume und das wagemutige Herunterspringen, das Miauen von Jägerlatein und das Schnurren von Räuberliedern, das Räkeln im warmen Kies, in der Sonne am Flussufer, das Anfauchen von Versicherungsmaklern, das Zerkratzen und Zernagen von Dekorationsgegenständen aller Art, das Beißen in die fleischigen Waden von dicken, zufriedenen Kindern, die eiskalte Abrechnung mit dem niedlichen Hauskaterdasein, das wahre, wilde Tigerleben, das

Keinesfalls-auf-den-Namen-Hören, den jemand einem gab, das selbstvergessene Riechen an Gräsern und Blumen, das Herumstreunen, tagelang, bis dann Müdigkeit aufkommt, wie sie nur an der frischen Luft aufkommen kann, das ungestüme Gähnen, das Übernachten, draußen, auf einer Gartenbank, ohne zu frieren.

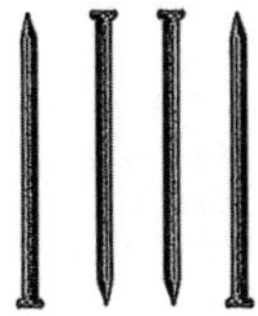

Ich schreibe mit einem krummen Löffelstiel in die Luft:

7. DEN WALD ABER WIRKLICH UNBEDINGT WOLLEN

Der Filialleiter ist nicht gekommen.
Ich habe gewartet, bis es ganz dunkel wurde. Ich habe gewartet, solange es dunkel war. Ich habe gewartet, bis es wieder hell wurde.
Ich besitze nun 2 Teller, 2 Gabeln, 2 Messer und 2 Löffel. Dafür besitze ich keinen Kupferdraht mehr. Das Menü habe ich Stück für Stück aufgegessen, während ich gewartet habe. Dabei fiel mir ein, dass ich kein Salz habe.
Das letzte Mal, als ich eine Packung Salz kaufte, fragte der junge Mann an der Kassa: Haben Sie eine Kundenkarte?
Ich war überzeugt, er meinte: Sind Sie eine heimlich mit mir Verbündete im Sinne der ordinären revolutionären Idee?
Ich sagte aus tiefster Überzeugung: Ja.
Es blieb einen Augenblick still.
Der junge Mann sah mich erwartungsvoll an. Dann sagte er etwas ungeduldig: Ich müsste sie scannen.

Enttäuschung stieg in mir auf. Ich las das Namensschild, das auf seinem Hemd befestigt war: H. Mustermann.
Ich fragte: Heißen Sie wirklich Mustermann?
Er sagte sehr genervt und nun sehr ungeduldig: Ja, ich heiß wirklich so.
Eine ältere Frau, die hinter mir wartete, sagte: Jetzt aber, bitte. Wir sind hier nicht zum Tratschen, oder?
Ich sagte zu dem jungen Mann: Wenn Sie die Revolution wollen, dann müssen Sie schon ein wenig freundlicher sein.
Zu der älteren Frau hinter mir: Und ein wenig Zeit mitbringen.
Das glaube ich jedenfalls. Ich glaube, die Revolution hat auch etwas mit dem Glück zu tun, das man im Bauch hat, wenn man in ein Butterbrot beißt. Ein echtes, einfaches Butterbrot mit etwas Salz.
Oder beim Betrachten eines Spinnennetzes, auf dem sich lauter winzige Regentropfen verfangen haben.
Oder wenn man einen Vogel pfeifen hört, den man nicht kennt.
Oder wenn man einfach seine Kundenkarte verliert und keine neue anfordert.
All das sagte ich, oder hätte es gerne gesagt. Das weiß ich nicht mehr genau. Seit einiger Zeit pflege ich die traurigen Dinge immer schneller zu vergessen.
Jetzt habe ich nicht einmal mehr 25 Cent, um eine Packung Salz zu kaufen. Etwas Luxuriöses wie Salz zu stehlen, das ist mir das Risiko einfach nicht wert.

Ich bin müde.
Ich bin so müde, wie man es vielleicht nur ohne Kundenkartenrabatt sein kann.

Ich schleppe mich noch einmal zum Baumarkt. Im Büro des Filialleiters sitzt eine griesgrämige ältere Frau und sagt: Na, haben wir's auch schon hergeschafft.
Ich sage leise: Zum Filialleiter soll ich.
Sie sagt: Außer Haus. Wir zwei Hübschen haben heut das Vergnügen.
Sie steht auf, drückt mir ein kleines Gerät in die Hand, das ein wenig wie ein Funkgerät aussieht, und sagt: Mitkommen.
Wir gehen in die Abteilung, über der ein großes Schild hängt, auf dem steht: Farben und Lacke.
Die Frau erklärt mir das Gerät, sie selbst hat auch eines in der Hand, dann sagt sie: Alles klar?
Ich kann so schnell nichts sagen, schaue das Gerät in meiner Hand noch weiter an, halte es an mein Ohr, nehme es wieder runter, drehe und wende es, öffne dann langsam den Mund.
Bevor ein Ton herauskommt, sagt die Frau: Alles klar. Gemma.
Wir fangen an, sie auf der einen Seite, ich auf der anderen Seite des Regals, in dem Dosen, Tuben und Spraydosen stehen. Alles muss mit dem Gerät gescannt werden. Dazu hält man das Gerät vor den Strichcode der ersten Dose und drückt auf einen Knopf. Dann piepst es.
Man nimmt die nächste Dose und immer so weiter. Die Frau ist geübt im Scannen, es piepst sehr schnell hin-

tereinander bei ihr. Mein Piepsen klingt kläglich dagegen. Ich denke: Wie ein trauriger Vogel. Mir fällt aber kein Vogel ein, dessen Gesang auch nur annähernd so klingt. Nur dieses Gerät klingt so. Ich versuche es zu überhören.

Ein junger Mann sagt zu einem anderen jungen Mann: Johanna meinte, sie kriegt Beklemmungen von Raufaser. Wir haben dann alles runtergekratzt. Wirklich ein viel besseres Wohngefühl.

Der andere junge Mann sagt: Auf jeden Fall, Alter.

Mein Gerät piepst.

Ein älterer Mann sagt zu seiner Frau: Ich hab dir gesagt, dass der billige Lack nicht lang hält, aber du willst ja immer unbedingt sparen.

Die Frau sagt: Und wer musste dann unbedingt die billigsten Fliesen ins Bad pappen, die schon vom kleinsten Windhauch einen Sprung kriegen.

Der Mann sagt: Jaja, jetzt ist der Windhauch wieder schuld. Und morgen ist es wahrscheinlich mein Atem. Du findest ja immer was. Aber eins sag ich dir, wenn du nicht immer so patschert wärst bei allem, aber ach, lassen wir das Thema.

Ein Mädchen ruft: Fang mich, Mama.

Die Mutter sagt: Jetzt nicht.

Mein Gerät piepst und piepst.

Dann tippt mir jemand auf die Schulter. Es ist der junge Mann mit der Raufaser.

Haben Sie Tiefengrund, fragt er. Er sieht mich nicht an, sondern sucht mit seinem Blick das Regal ab, vor dem wir stehen.

Ich sage: Tiefengrund, ja, also, ich denke doch schon.

Ja, wo, mein ich. Sagt der Mann. Er sucht noch immer hektisch das Regal ab.
Ich schaue ihn an, folge seinem Blick über das Regal, schaue ihn wieder an. Ich weiß nicht, was ich sagen soll.
Der andere junge Mann sagt: Komm, da hinten ist noch eine. Vielleicht hat die ja einen Hauch Kompetenz.
Sie gehen zu der Frau, die mit ihrem Gerät schon beim nächsten Regal angelangt ist.
Ihr Gerät piepst weiter, während sie sagt: Tiefengrund. Hier jedenfalls nicht.
Vielen Dank auch, sagt der eine junge Mann.
Unglaublich, sagt der andere.
Sie werfen zuerst der Frau, dann mir noch einen verächtlichen Blick zu, bevor sie gehen.
Mein Gerät piepst.
Und piepst.
Und piepst.
Und piepst.
Mir fällt auch kein Insekt ein, das ein solches Piepsen von sich geben könnte. Es fällt mir einfach nichts ein, womit ich es vergleichen könnte.
Irgendwann sagt die erotische Frauenstimme aus dem Lautsprecher: Nur für Sie, nur hier, nur nach 4.
Ich halte gerade eine Dose Bootslack in der Hand und frage mich, wie viele Leute den wohl kaufen, um tatsächlich ein Boot damit anzustreichen. Und wie viele sich vielleicht wünschen, ihre Veranda wäre ein Boot.
Da steht die Frau neben mir, nimmt mir die Dose und das Gerät aus der Hand, sagt: Lass gut sein für heute. Den Rest schaff ich selbst.

Ihr Gerät piepst schon weiter.
Ich sage: Danke.
Sie sagt nichts.
Ich sage: Auf Wiedersehen.
Sie sagt: In deinem Sinne wohl besser nicht.

Ich schleppe mich zurück in meine Unterkunft.
Als ich ankomme, steht die Tür einen Spalt offen. Ich weiß genau, dass ich sie am Morgen geschlossen habe. Ich drücke sie immer fest zu, wenn ich gehe. Sie klemmt außerdem ein wenig, sodass ein Windhauch, auch ein starker, sie nicht aufgestoßen haben kann.
Ich halte den Atem an, bis es nicht mehr geht. Dann versuche ich, alles ganz leise zu machen. Vorsichtig öffne ich die Tür und gehe langsam hinein. Es fehlt nichts. Es gibt ja auch nicht viel, was fehlen könnte. Ich ziehe die Tür fest hinter mir zu, lasse mich auf meinen leeren Kartoffelsack fallen, ziehe die Beine ganz nah an mich heran und schlinge die Arme um meine Knie.

Liebe Wand, piep.

Ich bin müde.
Ich bin so müde, wie man es wohl nur zur Happy Hour sein kann.
Ich bin so müde und ich habe kein Boot.

Im Traum liege ich auf einer blauen Luftmatratze und treibe auf einem Fluss, der Hochwasser hat. Das Wasser ist braun. Es treiben große Fetzen Raufasertapete darin. Ich versuche, sie herauszufischen. Ich denke: Ich muss sie alle einsammeln, ich muss sie wieder zusammenkleben. Aber die Strömung ist zu schnell, ich erwische sie nicht. Ich versuche, mit den Armen gegen die Strömung zu rudern, aber ich bin zu schwach. Ich bleibe reglos auf meiner Luftmatratze liegen und treibe dahin. Die Luft, die ich ausatme, ist schwarz. Lauter kleine schwarze Wolken. Eine Ente schwimmt an mir vorbei und sagt: Das ist der Staub aus deiner Lunge. Du solltest dir eine Relaxhose besorgen. Du solltest eine Kur beantragen.

Als ich aufwache, denke ich: Ich brauche eine Luftmatratze, denn ich bin so dünn, wie man es wohl nur ohne Kur werden kann. Ich liege mich wund auf meinen eigenen Knochen. Der Boden wird auf Dauer härter und kälter. Und wenn ich schon dabei bin, brauche ich auch eine Gänsefederdecke. Und für den Winter einen Holzofen. Nichts würde ich vor diesem Ofen dann lieber tun, als mit meiner Großmutter ein wenig Luftschutzübung zu spielen. Es wäre mir völlig egal, wer gewinnt.

Von nun an zeichne ich jeden Tag einen Kreis auf meine Wand. Eines Tages werde ich auch etwas in die Kreise hineinzeichnen. Vielleicht ein paar Bäume, oder eine Katze, oder einen frischen Laib Brot, oder einen alten, gemütlichen Küchentisch, oder einen Fuchsbau, oder Nachtschattengewächse, oder ein Funkgerät, mit dem man nur Stille empfangen kann, oder eine Haubenlerche, oder etwas Romantisches, ein Kriegsende vielleicht, oder ein Grillfest, oder Holz, das nicht nass ist, sondern richtig gut brennt, oder meine Großmutter in ihrer Strickjacke, oder ein komplett ausgestattetes Fleischereigeschäft mit rotweißen Fliesen an den Wänden, oder Freundinnen, oder Gott, oder Geduld, oder einen echten Steinpilz, ein Stück Butter, oder eine Revolution, oder *ein stilles, ernstes Wort, vom rechten Tun und Lieben, und was des Menschen Hort.*

8. DEN WALD GENAUER DEFINIEREN

Man stehe also frühmorgens auf, gehe barfuß durch das Unterholz und sammle einen Blecheimer voll Vogelmiere. Oder Quendel, Fetthenne und Melde. Wenn es regnet, mache man es trotzdem, denn man hat kein festes Schuhwerk mehr, keine Gummistiefel und keine Wahl.

Man rezitiere:
LIEBHABEREI – Nicht immer bzw. nicht unbedingt muss eine wirtschaftliche Betätigung zu einem Einkommen führen, das für die Entrichtung der Einkommenssteuer von Bedeutung ist. Eine sogenannte Gewinnerzielungs- bzw. Einkunftserzielungsabsicht besteht erst dann, wenn auch das nachdrückliche Ziel besteht, dass durch die wirtschaftliche Betätigung ein deutlicher Überschuss der Einnahmen über die Ausgaben erreicht wird. Die positiven sowie die negativen Erfolgskomponenten der wirtschaftlichen Betätigung spielen demnach erst für die steuerliche Einkunftsermittlung eine Rolle, wenn diese klare Absicht vorhanden ist.

(Man beiße an dieser Stelle in ein Gänseblümchen.)

Entstehen über einen längeren Zeitraum hinweg Verluste, was vor allem bei privat motivierter Betätigung oftmals der Fall sein kann, stellt der Nachweis dessen meist ein Problem dar.

(Man stelle sich an diesem Punkt einen Beistelltisch vor, den man mit der Axt zerhackt.)

Der persönlichen und privaten Freizeit nahestehende Betätigungen und die daraus hervorgehenden Verluste werden von der Finanzverwaltung daher äußerst kritisch betrachtet.

(In seiner Freizeit lutsche man am besten einen Kieselstein und gehe dabei durch ein Einkaufszentrum, um die Vogelnester zu zählen, die tatsächlich mehrfach dort zu finden sind. Man muss nur sehr genau schauen.)

Die umsatzsteuerliche Bewertung hingegen unterscheidet sich von der einkommenssteuerlichen Bewertung einer wirtschaftlichen Betätigung. Hierfür spielt ausschließlich die Einnahmeerzielungsabsicht eine Rolle und wird als Unternehmerkriterium vorausgesetzt. Eine Betätigung kann somit durchaus umsatzsteuerlich von Interesse, einkommenssteuerlich jedoch völlig bedeutungslos sein.

(Vgl. Blumenhower, Ernst: Handbuch der Betriebswirtschaft, 4. Auflage, Verlag K&K Seidl, München 1997)

Ich gehe ins Freibad.
Arschbombe. Ruft ein dicker Bub am Beckenrand und platscht ins Wasser, dass es bis zur Liegewiese spritzt.
Ich klaue ihm seine Luftmatratze, noch bevor er wieder auftauchen kann, um ungeschickt und schwerfällig aus dem Becken zu klettern.
Sie ist rot mit gelben Punkten.

Auf dem Rückweg formuliere ich in Gedanken einen Brief an meine Tante:

Liebe Tante,
ich besitze jetzt eine Luftmatratze, die hat das gleiche Muster wie die Schwimmflügel, die Du mir einmal gekauft hast. Ich habe das Schwimmen damals aber so schnell gelernt, dass ich die Schwimmflügel nicht sehr oft brauchte. Trotzdem nahm ich sie zur Sicherheit jedes Mal mit, wenn ich ins Schwimmbad ging, denn ich dachte immer: Man weiß ja nie.
Einmal stach mich dann am Beckenrand eine Wespe in die Pobacke und ich lief schnell nach Hause. Vor Schreck vergaß ich die Schwimmflügel im Schwimmbad. Ich bemerkte das erst, als ich schon zu Hause war und lief trotz meiner geschwollenen, schmerzenden Pobacke noch einmal zurück. Das Schwimmbad war aber schon geschlossen. Am nächsten Tag ging ich noch vor der Schule hin und fragte den Bademeister, ob er vielleicht meine Schwimmflügel gefunden oder ob jemand sie abgegeben habe. Er sagte: Bei mir sind sie jedenfalls nicht.

Ich konnte dann mehr als eine Woche lang nicht auf dem Po sitzen und musste in der Schule am Tisch knien. Die Schwimmflügel waren wirklich sehr schön. Das habe ich immer gedacht.
Sie sind nicht wieder aufgetaucht. Sie sind einfach weggeblieben.
Es tut mir sehr leid, dass ich nicht besser darauf aufgepasst habe.

Als ich wieder bei meiner Unterkunft ankomme, steht auf meiner Mauer: *Verpiss dich, Schlampe.* Es steht da in großen, schwarzen Buchstaben. Die Farbe ist noch nass, an manchen Stellen haben sich Schlieren gebildet, die langsam über die Backsteine hinunter zum Boden kriechen.
Am liebsten würde ich die Mauer einreißen. Aber ich brauche sie noch.
Ich hebe Laub auf und Dreck und Steine und Äste und Plastikmist, was immer mir zwischen die Finger gerät, und werfe es gegen die Mauer. Manches davon bleibt kleben, das meiste fällt wieder zu Boden. Ich versuche die Farbe zu verschmieren, die Buchstaben unkenntlich zu machen, aber ich schaffe es nicht, sie sind zu groß, zu dick und zu schwarz. Ich trete mit dem Fuß gegen die Mauer, wieder und wieder. Dann sage ich: Entschuldigung.
Ich hole meine Axt heraus und hacke ein wenig Holz klein.
Dann trage ich es hinein und staple es auf, innen, ganz dicht an der Mauer entlang.

Ich setze mich auf meine neue Luftmatratze und schaue den Holzstapel an. Ich behalte die Axt in der Hand.

9. DEN WALD DANN GANZ KLAR VOR SICH SEHEN

1 Ungarische Salami (am Stück)
2 Packungen Milchbrötchen
5 Dosen Thunfisch
1 Tüte Bio-Milch

Unvollständigkeit, ständige.

Wenn ich in die Hände klatsche, fliegen um mich alle Vögel auf.
Manchmal laufe ich ihnen hinterher. Manchmal bin ich einfach zu müde, um jedem Specht hinterherzulaufen.
Ich sage: Zum Kuckuck nochmal.
Ich rezitiere:
KUCKUCK – Umgangssprachliche Bezeichnung für die bei einer Pfändung verwendete Pfandsiegelmarke.
(Vgl. Blumenhower, Ernst: Handbuch der Betriebswirtschaft, 4. Auflage, Verlag K&K Seidl, München 1997)

Ich höre den Kuckuck längst nicht mehr rufen.
Ich habe auch keine Angst mehr.
Ich rezitiere:
STILLE RÜCKLAGEN – Nicht offen und deutlich aus einer Bilanz erkenntliche Eigenkapitalbeträge. […]

(Vgl. Blumenhower, Ernst: Handbuch der Betriebswirtschaft, 4. Auflage, Verlag K&K Seidl, München 1997)

Ein möglicher Titel für einen Ratgeber:
Wer öfter weint, muss seltener pinkeln.

Ich sage: Es ist nichts.
Nein, wirklich nichts.
Ich danke Gott, oder wem immer, der sich das Zittergras und den Mulm ausgedacht hat. Die Bio-Milch hätte er sich jedoch sparen können, die schmeckt bereits sauer. Ich trinke sie trotzdem aus, denn ich habe sehr lange keine Milch mehr getrunken. Ich bekomme auf der Stelle Durchfall davon. Ich denke: Mit H-Milch wäre mir das wohl nicht passiert.

Dann bleibe ich reglos auf meiner Gartenbank sitzen und denke: Wie gut, dass ich jetzt nicht in einer Diskussionsrunde sitzen muss. Ich könnte mich kaum aufrecht halten und mein Darm würde viel zu laut grummeln. Außerdem fielen mir auch gar keine Argumente mehr ein.

10. IMMER LÄNGER IN DEN WALD HINEINSCHAUEN

Ich habe:
2 Teller
2 Gabeln

2 Messer
2 Löffel
Ich habe aber keine Einkunftserzielungsabsicht. Also esse ich eines Abends vom ersten Teller ein wenig Brennnesselspinat. Ich benutze Gabel, Messer und Löffel dazu. Ich esse den Teller leer und stelle ihn mitsamt dem benutzten Besteck auf die Erde vor meinem kleinen Haus. Das ist der Test. Wenn der Teller mitsamt dem Besteck am nächsten Morgen fehlt, habe ich über Nacht einen Fuchs zu Besuch, der es auf Geschirr abgesehen hat.
Am nächsten Morgen fehlt der Teller mitsamt dem Besteck.
Am selben Abend esse ich von meinem zweiten Teller ein paar zerdrückte Brombeeren mit Taubnesselblüten. Wieder lasse ich ihn mitsamt dem Besteck einfach stehen.
Am Morgen darauf bin ich frei.

Mit einem Nagel ritze ich in den Rest der Bodendiele, von der ich nun esse: *Da draußen, stets betrogen, saust die geschäft'ge Welt.*
Ich danke dem Fuchs, oder wem immer, der mir dieses hässliche 90er-Jahre-Geschirr wieder nahm.

Ich denke, es handelt sich hierbei um eine sogenannte historische Verständigung. Oder um Outsourcing. Man kann das mit Ausgliederung übersetzen oder mit Auslagerung. Oder einfach mit Loswerden.
Bei dem Pilz, den ich fand, handelt es sich um eine Grubenlorchel.

Ich schlafe nun jede Nacht mit meiner Axt im Arm.

11. SICH DAS HAAR WACHSEN LASSEN

Liebe Wand,
da mein Bruder ja meistens nicht da war, habe ich schon als Kind mit allerlei Insekten gespielt. Es fällt mir nun, da diese Ameisenstraße direkt durch meine Unterkunft führt, wieder ein. Mit kleinen Ästchen und Steinchen habe ich immer wieder versucht, den Käfern, Ameisen, Spinnen und Würmern Barrieren zu errichten und ihre Wege umzuleiten. Ich wollte sie unbedingt von ihrem Weg abbringen. Das ist mir nie gelungen. Am allerwenigsten bei den Zikaden, die ungerührt über meine Hindernisse hüpften, und überhaupt kreuz und quer unterwegs waren. Heute bin ich klüger. Ich weiß, das Gehenlassen ist eine Erfolgskomponente, also lasse ich die Insekten gehen, wie und wohin sie wollen. Die Ameisen gehen emsig quer durch mein Lager, bis in den hintersten Winkel, wo sie ihr Nest errichtet haben. Stundenlang sehe ich ihnen jeden Tag zu und wünschte, sie trügen auch mich, gleich ihren Kameraden, irgendwann in ihr Nest, wenn ich dann hier liege und mich nicht mehr rühren kann. Wer keine Sozialversicherung mehr hat, sollte sich frühzeitig mit den Insekten anfreunden. Bis es aber so weit ist, dass ich ihre Dienste in Anspruch nehmen muss, wächst mein Haar noch. Wird länger und länger. Und ich lasse es zu.

Ich habe in einer Mülltonne eine Parfümflasche mit einem Rest Inhalt gefunden. Zum ersten Mal in meinem Leben rieche ich nun nach Parfüm.
Sexiest man alive. Las ich heute in einer Zeitung, die ich dann benutzte, um mir den Hintern abzuwischen.
Ich dachte: Der kommt mir hier auf keinen Fall rein.

12. SICH GUMMISTIEFEL BESORGEN

Dass es Herbst wird, merke ich daran, dass das Gras morgens nass ist. Ich habe das tatsächlich niemals vorher bemerkt: Das Gras ist eine Zeitlang einfach trocken in der Früh. Eines Tages wacht man auf, tritt hinaus und es ist nass. Ich werde mich in Zukunft persönlich mehr am Morgentau orientieren.

Schwierig ist es mit den Wochentagen und der Uhrzeit. Ich habe lange keine Sirene mehr gehört, geschweige denn eine Kirchturmglocke. Manchmal würde ich diese Waldesruh einfach gerne aufessen. Aber dann wüsste ich gar nicht mehr, wo ich bin.

Die Gänsefederdecke konnte ich mir genauso leicht besorgen wie die Luftmatratze. In der Abenddämmerung stieg ich in einer der Vorstadtsiedlungen durch ein offenes Fenster und holte sie mir. Es muss zur Nachrichtensendezeit gewesen sein, denn aus einem anderen Fenster drang leise die typische Nachrichtenanfangsmelodie. Ich hatte sie lange nicht gehört und erstarrte, ganz kurz

nur, denn sie klang befremdlich. Einen kurzen Moment lang war ich tief berührt.
Der Bezug der Gänsefederdecke roch anfangs frisch gewaschen. Es sind Olivenzweige darauf abgebildet. Ich frage mich, ob es sich in unseren Breitengraden unter einer Bettdecke mit Olivenzweigen ein wenig wärmer anfühlt, und ob deshalb jemand Geld dafür ausgegeben hat. Ich kann diese These aber bis jetzt nicht belegen. Für mich fühlt es sich mit diesem Bezug auf der Decke wärmer an als ganz ohne Decke, in den sehr kalten Nächten friere ich aber dennoch, und die Olivenzweige sind mir meistens herzlich egal. Ich denke dann oft: Man sollte sich doch lieber eine Gans halten, anstatt teure Bettwäsche zu kaufen.
In derselben Nacht, in der ich zu meiner Decke kam, schlich ich noch einmal zu diesem Haus, in dem also Menschen wohnen, die gerne unter Olivenzweigen schlafen würden. Ich holte mir auch noch die Gummistiefel, die vor der Terrassentür auf dem Schuhabtreter standen. Ich zog sie gleich an, sie waren ein wenig zu groß, aber es ging. Ich stapfte mit großen Schritten zurück und sang im Gehen das Lied vom Schuhabtreter, den ich nicht brauche. Ich war zufrieden in dieser Nacht. Bevor ich einschlief, biss ich in einen Meisenknödel, den ich in einem der Vorgärten aus einem Buchsbaum gepflückt hatte. Er war ein wenig trocken, schmeckte aber gar nicht so schlecht.

Mit dem Ofen war es komplizierter. In einem verlassenen Schrebergartenhaus hatte ich auf einem meiner Spaziergänge bereits im Sommer einen ganz herrlichen, kleinen

Holzofen entdeckt. Trotzdem war er viel zu schwer, um ihn zu tragen. Ich hatte einige schlaflose Nächte deshalb, dann aber fielen mir wieder die Bahnarbeiter ein, die ich einmal beobachtet hatte, und der Bollerwagen voll Schrott. Ich dachte: Kannst du die Trümmer nicht mehr tragen, brauchst du einen Bollerwagen. Wenn ich es reimte, klang es plötzlich ganz einfach.

Ein paar Tage lang strich ich ziellos über das Bahngelände, dann traf ich sie. Ich schenkte ihnen meine ungarische Salami für die Mittagspause und der Bollerwagen gehörte eine Stunde lang mir. Das reichte aus. Ich zog ihn durch die schmalen Kieswege der Schrebergartenkolonie, als ginge ich dort jeden Tag, ich grüßte alle freundlich, die ich traf, ich traf nicht viele, aber sie grüßten alle sehr freundlich zurück. Ich betrat das Gartenhaus unbemerkt und hievte den Ofen auf den Bollerwagen. Es dauerte ein wenig, ich riss mir die Hände an mehreren Stellen auf, sie waren am Ende blutverschmiert und schmerzten noch einige Zeit. Keuchend zog ich den Bollerwagen aus der Schrebergartenkolonie hinaus, grüßte wieder freundlich und wurde freundlich zurückgegrüßt. Niemand fragte mich etwas, niemand interessierte sich für den Ofen auf dem Bollerwagen. Das Gute an Schrebergartenkolonien ist, dass Öfen auf Bollerwägen und junge Frauen, die sie keuchend hinter sich herziehen, dort, und vielleicht auch nur dort, noch immer nichts Außergewöhnliches sind. Es scheint im Gegenteil eine Art ungeschriebenes Schrebergartenkoloniegesetz zu sein, dass sich hin und wieder eine junge Frau mit einem Ofen auf einem Bollerwagen über die Kieswege schleppt und dass man ihr dann keine Hilfe anbietet, weil es ihr persönlicher kleiner Ofen ist, den sie da zieht, und jede Art von Hilfe, die man ihr in Bezug auf ihren persönlichen kleinen Ofen anböte, gegen ihren Schrebergärtnerinnenstolz ginge. Also grüßt man freundlich und nicht ohne Anerkennung, man sagt vielleicht: Was wäre unser Land ohne die jungen, tatkräftigen Frauen! Und dann lässt man sie ziehen.

Das Ofenrohr aus den Trümmern meines Elternhauses war lang genug, ich musste nur noch eine Öffnung in mein Welleternitdach sägen, aus ein paar alten Blechdosen eine Manschette für das Rohr zurechtbiegen und zurechthämmern, damit das Eternit an den Rändern nicht schmolz, und schon konnte ich das erste Feuer machen. Es wurde gleich ein wenig wärmer in meinem kleinen Haus.
Ich weinte ein wenig, vor Freude, vor Erleichterung und Erschöpfung, und zum ersten Mal seit Langem zog ich meinen Mantel aus.
Ich zog ihn dann aber gleich wieder an.

13. DIE AUGEN SCHLIESSEN

Ich sagte damals keuchend zu meinem Gynäkologen: Ich muss das Dach noch fixieren. Das Dach muss ich noch richtig fixieren, bevor die Herbststürme kommen. Mein Gynäkologe sagte: Der Höhepunkt der Leistungsfähigkeit, die fruchtbarste Phase, der beste Zeitpunkt auf der biologischen Uhr.

Aber das ist lange her.

Ex-Topmodel will Priesterin werden. Lese ich in einer Zeitung, mit der ich mir dann die Nase putze. Und: *Profi-Reiterin verspeiste ihr eigenes Rennpferd.*

Vielleicht hatte Judas sich auch mehr erhofft von seinem Kuss. Denke ich. Vor allem denke ich aber: Nicht krank werden. Einfach nur nicht krank werden.

Und ich würde Gott, oder wen immer, gerne fragen, wie er das gemeint hat mit dem Staub.

Ich sitze auf meiner Gartenbank und esse das Sauerkraut, das ich mir auf dem Holzofen aufgewärmt habe. Gestern habe ich 4 Dosen davon in der Mülltonne gefunden (wenn auch ohne Wurst). Ich schließe die Augen und denke: Zu meinem Schuster habe ich tatsächlich immer ein sehr inniges Verhältnis gepflegt. Jetzt trage ich Gummistiefel.
Ich denke: Vielleicht sollte ich das Regenwasser in Zukunft abkochen, bevor ich es trinke.

Ich lasse die Augen geschlossen. Und trage im Traum noch ein wenig Holz in den Wald.

14. VERWALDEN

Liebe Wand,
der Fuchs, oder wer auch immer es war, hat mir meine Sammlung an Bleistiftstummeln gestohlen. So schreibe ich Dir diese paar Worte also mit Blut (ich pikste mir mit dem Dorn eines Hagebuttenstrauches in die Fingerkuppe).
Was ich Dir unbedingt noch sagen will ist: Drridridrüh.

PS: Der Rest ist meiner Buchhaltung zu entnehmen: Einem Bündel Laub.

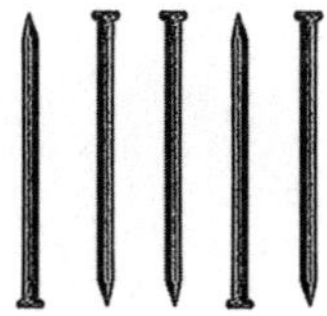

Liebe Wand,
verzeih mir, aber es ist trotz Holzofen einfach saukalt hier. Das ist mir langsam echt zu blöd. Ich gehe.

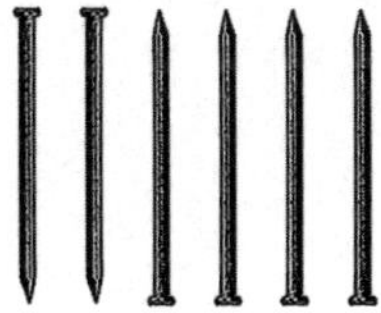

Als es trotz Holzofen wirklich saukalt geworden war in meiner Notunterkunft, beschloss ich, zu einer Beratungsstelle zu gehen.

Zuerst aber spieb ich in meinen Blecheimer, denn trotz ausgiebigen Kauens auf einem Minzblatt litt ich seit Tagen unter Übelkeit, Bauchschmerzen, Herzrasen und Appetitlosigkeit.
Dann rappelte ich mich auf. Ich wusste im Moment nicht, was schlimmer war: das Gefühl, dass mein Magen sich jederzeit wieder umdrehen konnte oder die Kälte.
Ich dachte: Zum Teufel mit der Dialektik. Und zum Teufel mit der Homöopathie. Ich glaubte ja noch immer nicht an den Teufel. Im Moment glaubte ich nur noch an meinen Blecheimer.
Ich spieb noch einmal hinein.

Ich tanzte den Beratungsstellenwalzer, um meine von der Kälte steif gewordenen Glieder ein wenig aufzutauen. Ich versuchte jedenfalls zu tanzen.
Ich sang: Beratungsstellen können kostenlos in Anspruch genommen werden. Beratungsstellen decken bundesweit ein vielfältiges Angebot an Unterstützungsmaßnahmen ab. Beratungsstellen sind unverbindlich. Beratungsstellen haben den Bedürfnissen der Besucherinnen und Besucher angepasste Öffnungszeiten. Bera-

tungsstellen werden meistens staatlich gefördert. Beratungsstellen orientieren sich an aktuellen Problembereichen der sich ständig wandelnden Gesellschaft. Beratungsstellen bleiben nur im akuten Kriegsfall zu. Beratungsstellen sind multinational. Beratungsstellen beraten vertraulich. Beratungsstellen sind eine echte Chance. Beratungsstellen sind barrierefrei. Beratungsstellen bieten vorläufige Hilfe durch Klärung von Fragen zu nachhaltiger Zukunftsplanung. Beratungsstellen werden allgemein gut angenommen. Beratungsstellen gibt es für alle Lebenslagen. Beratungsstellen locken sogar Leute wie mich von ihrer Erinnerung moosigem Denkmal fort. Beratungsstellen sind sachlich. Beratungsstellen sind nicht schick, aber deren Fenster und Wände sind isoliert, und dadurch bleibt die Wärme einfach länger erhalten.

Dann spieb ich wieder in meinen Blecheimer.
Dann fühlte ich mich etwas besser.

Ich wusch mich zum ersten Mal seit Wochen so richtig, von oben bis unten, bevor ich ging. Es hatte viel geregnet, ich musste an Wasser also nicht sparen. Ich erwärmte sogar ein wenig Wasser auf dem Ofen, ließ Seifenkraut darin ziehen und wusch mir das Haar. In der letzten Zeit hatte ich stets ein Tuch darum getragen, den besten Ersatz für eine Frisur. Nun kämmte ich das nasse Haar mit den Fingern und ließ es ganz dicht vor dem Ofen trocknen. Ich benutzte einen Grashalm als Zahnseide und zerkaute noch ein Minzblatt, damit ich besser roch. Nur an meiner Kleidung konnte ich so schnell nichts ändern. Alles, was ich besaß, hatte Löcher und Flecken, die trotz intensiver Wäsche mit Aschenlauge nicht mehr zu entfernen waren. Außerdem besaß ich nur noch Gummistiefel. Das musste nun so gehen. Ich dachte: Beratungsstellen gibt es trotz Haute Couture. Und ich habe immerhin Fremdsprachenkenntnisse.

34 T-o-t-e b-e-i A-n-s-c-h-l-a-g. Las ein Kind langsam und stotternd aus einer Zeitung vor, als ich die Beratungsstelle betrat. Um das Kind herum warteten eine Menge Leute darauf, dass ihre Nummer aufgerufen wurde, um in eines der vielen Zimmer zu gehen und sich über ihre Zukunft beraten zu lassen. Ich wartete auch. Es gab einen Automaten, aus dem man sich kostenlos Trinkwasser in einen kleinen Pappkegel füllen konnte. Ich trank sehr viel, es schmeckte gut. Als ich genug getrunken hatte, ging ich zu dem Kind und reichte ihm den Kegel.
Ich sagte: Schau mal, ein Zauberhut!
Das Kind sagte: Halt's Maul, du Troll.
Die Mutter las in der Zeitung.
Ich setzte mich schnell und versteckte mich hinter einer Broschüre: *Hilfe in besonderen Lebenslagen. Voraussetzungen: Notlage aufgrund besonderer persönlicher, familiärer oder wirtschaftlicher Verhältnisse oder infolge außergewöhnlicher Ereignisse, die trotz des Einsatzes eigener Mittel und Kräfte nicht überwunden werden kann.*

Judas war vielleicht sympathischer, als alle immer denken. Es hat ihn vielleicht nur fast keiner je richtig gekannt.

Der Micky-Maus-Wecker auf dem Beraterinnenschreibtisch fehlte. An seiner Stelle stand eine Vase mit Tulpen, und ich fragte mich, wo sie um diese Jahreszeit schon wuchsen. Ich sagte aber nichts.
Ich sagte auch nicht: Das Tragische ist, dass ich nie Fleischerin war, ich habe immer nur versucht, eine zu sein.
Ich sagte lange gar nichts.
Dann stellte die Beraterin noch einmal ihre Frage: Beruf?
Und da setzte ich zu einem kleinen Vortrag an: über Gewinnerzielungsabsichten, Erfolgskomponenten, Hausbänke und Buchführung, fraktale Fabriken, stille Reserven, Bedürfnisse, Betriebsaufspaltung, progressive Abschreibung, Absonderung und Grundkapital.
Die Beraterin nickte und sagte: Sie wollen sich also selbstständig machen. Das ist doch was.
Ich zögerte und muss verunsichert ausgesehen haben.
Die Beraterin sagte: Also ein Einzelunternehmen gründen.
Ich nickte.
Ich sagte: Aber ein ganz kleines.
Die Beraterin sagte: In dem Fall gilt dann die Kleinstunternehmerregelung für Sie.
Ich sagte: Das klingt gut.
Die Beraterin fragte: Was soll denn auf dem Gewerbeschein stehen?
Ich sagte laut und bestimmt, weil ich darauf lange gewartet hatte:

KLEINERE RÄUMUNGS- UND AUFBAUARBEITEN

Die Beraterin fragte: Gibt's keine knackigere Bezeichnung?
Ich sagte: Trümmern.
Die Beraterin sagte: Na, wenn Sie meinen. Sie reichte mir einen Stapel Papier über den Schreibtisch und sagte: Gewerbeamt, Haus 3, Stiege 2, 1. Stock, Tür 111–125. Sie können vorher die Akademie für Kleinstunternehmerinnen besuchen und ein Existenzgründerseminar belegen. Wird bezahlt. Muss aber erst geprüft werden. Gibt ein paar Bedingungen, Voraussetzungen, die Sie dafür erfüllen müssen. Geb ich Ihnen die Broschüre mit. Versuchen Sie's. Alles Gute. Oder war sonst noch was?
Ich sagte: Eine Wohnung, vielleicht mit Tiefgarage und Kinderspielplatz, wenn das geht.
Die Beraterin sagte: Wohnberatung, Haus 2, Stiege 1, 2. Stock, Tür 161–169.
Ich sagte überwältigt: Danke vielmals.
Die Beraterin sagte: Die Tür gleich offen lassen, wenn Sie gehen.

Es war wirklich alles viel einfacher, als ich immer geglaubt hatte.
Ich ließ die Tür offen, als ich ging. Ich trank noch einen Becher Wasser aus dem Automaten. Und setzte mir den Zauberhut dann selber auf. Ich verlor ihn auf der Treppe.
Vor der Beratungsstelle gab es eine Bushaltestelle, an der eine Holzbank stand. Ich setzte mich und dachte: Na bitte.
Ich las, was auf dem Papierstapel stand: *Leitfaden für Gründerinnen und Gründer.*

Das gefiel mir. Ich vertiefte mich. Ich vertiefte mich, bis es zu schneien begann. Dann ging ich in ein Kaufhaus. Ich dachte: Es ist wirklich alles viel einfacher, als ich immer geglaubt habe. Wenn es zu regnen oder zu schneien beginnt, geht man in ein Kaufhaus. Dort bläst einem schon am Eingang warme Luft entgegen und man kann den Mantel gleich ein wenig aufknöpfen. Man kann sich in eine Umkleidekabine setzen, den Vorhang zuziehen und dann in Ruhe seine Broschüren durcharbeiten. Man kann sich fragen: Bin ich ein Unternehmertyp?
Meine Antwort lautet eindeutig: von Geburt an.

Empfinde ich Scheu vor Krisen und Konflikten? Dafür hatte ich bisher keine Zeit.

Vor Risiko und Gefahr? Schlimmer kann es kaum werden.

Habe ich Lust auf Flexibilität? Nein, aber Bewegung hält warm.

Auf Veränderung? Wenn ich nein sage, sterbe ich.

Und keine Lust auf Stillstand und Rückschritt? Oh doch, das habe ich schon, aber die Jahreszeiten nicht.

Besitze ich Fachkenntnisse? Ich weiß, wie man sich selbst im Freien ein Plumpsklo aushebt und wie es ist, es bei jedem Wetter und jeder Temperatur benützen zu müssen. Ich weiß, welche Blätter groß genug sind und welche Zeitungen am meisten weggeworfen werden, um sie als Klopapier zu verwenden. Ich weiß, dass Photovoltaikanlagen eine großartige Idee im Sinne eines Lebens im Einklang mit der Natur und der Nachhaltigkeit sind, ich weiß aber auch, dass nur die wenigsten Menschen, schon gar nicht, wenn sie in meine Lage oder eine noch dringlichere geraten, sich eine Photovoltaikanlage wirklich leisten können. Ich weiß, dass das Wort Produktgarantie lächerlich klingt, morgens, wenn man mit Entsetzen feststellt, dass es den ersten Bodenfrost gab und einem kleine, weiße Wölkchen aus dem Mund stoßen, während man es sagt. Ich weiß ferner, wie man das Wort Nachhaltigkeit in 2 Fremdsprachen übersetzt, aber ich weiß auch, dass mir das nicht half, als es dunkel war in den Nächten und ich nicht krankenversichert war. Ich weiß, wie sehr man sich über den Fund eines leeren Kanisters freuen würde, wenn man nur genau wüsste, dass er sauber und keimfrei ist und nicht mit Benzin oder Frostschutzmittel gefüllt war. Noch ferner weiß ich von meiner Großmutter, wie man am besten den Krieg vergisst und dass es dafür Tätigkeiten gibt, die man bis dahin nicht kannte und für die es vorher auch keine Bezeichnung gab, die man dann aber auch ohne Fachkenntnisse einfach tun muss, weil man keine Wahl hat und weil diese Tätigkeiten einem letztlich helfen, sodass man ihnen einen Namen gibt: stoppeln gehen zum Beispiel, oder eben trümmern. Auch wenn das marketingmethodisch denkbar ungünstige Schlagwörter sind.

Bejaht meine Familie die Gründung meines Unternehmens? Meine Familie ist so liberal, dass sie schon fast ganz verschwunden ist.

Welche Gewerbeberechtigung brauche ich überhaupt? Eine echte.

Wie viel Sozialversicherung muss ich bezahlen? Immer viel mehr, als man das gerade kann, aber ich zahle sie gern.

Und kann ich dann einfach zum Arzt gehen und sagen: Ich hätte gerne etwas gegen Übelkeit, Bauchschmerzen, Herzrasen, Appetitlosigkeit?

Und würde der Arzt vielleicht fragen: Fehlt ihnen sonst noch etwas?

Und könnte ich dann tatsächlich antworten: Seit ich eine Steuernummer habe, fehlt mir nur noch wenig, bis auf die passende Melodie, sie zu singen. Aber den Haubenlerchen fehlt es an Brutplätzen. Wenn sie also ihr Flachdach mehr einer Brachfläche gleichen ließen und ein paar Trümmer dort anhäufen würden, ein paar Sträucher dort pflanzten, dann wäre das auch mir vielleicht eine Hilfe?

Den Kugelschreiber, um meine Formulare auszufüllen, lieh ich mir von einer Verkäuferin. Sie sagte: Aber Wiedersehen macht Freude.
Mir entfuhr ein Seufzer und ich sagte: Wem sagen sie das.

Nach Ladenschluss stand ich erneut fröstelnd vor dem Kaufhaus auf der Straße. Mir fiel nichts ein, als vorerst noch einmal zurück in den Wald zu gehen, der keiner war, und eine letzte Nacht in meiner Notunterkunft zu verbringen. Ich war erschöpft, als ich dort ankam, und vergaß, dass ich fror. Ich schlief sofort ein. Im Traum lag ich in einer Turnhalle auf einer Yogamatte. Um mich herum lagen viele andere Frauen in meinem Alter auf ihren Yogamatten und machten den Morgengruß. Ich konnte mich nicht rühren. Dann füllte sich die Halle noch mehr. Aber nicht mit jungen Yogafrauen. Mit weinenden Kindern an den Händen übermüdeter Mütter, mit Verletzten, die ächzten vor Schmerz, und deren Wunden alle nicht verbunden waren, sondern bluteten. Mit alten Leuten, jungen Leuten, die alle sehr zerlumpt aussahen und tiefe Augenringe hatten. Alle strömten herein, es wurde laut und stickig. Die Halle war viel zu voll. Die Frauen auf ihren Yogamatten machten aber einfach weiter den Morgengruß, so gut es im Gedränge ging. Sie ließen sich nicht stören. Wenn eine fertig war, fing sie wieder von vorne an, mit langsamen, bedachten Bewegungen und geschlossenen Augen, wie es sich gehört. Eine Yogalehrerin mit langem, glänzendem Haar schob sich zwischen den Menschen hindurch und gab ihre Anweisungen mit entspannter, ruhiger Stimme durch ein Megaphon. Die Yogalehrerin blieb vor mir stehen und lächelte. Sie sagte: Schließen Sie die Augen. Finden Sie Ihre Mitte. Ich konnte die Augen nicht schließen. Ich konnte die Augen einfach nicht schließen. Die Yogalehrerin lächelte sanft, etwas auf ihrem Vorderzahn blinkte mich an, ich kniff die Augen zusammen und sah

genauer hin. Die Yogalehrerin trug ein glitzerndes, im Licht funkelndes, winziges Steinchen auf dem Vorderzahn, und sie hörte nicht auf, mich anzulächeln. Ich sagte: Hören Sie bitte auf, mich anzulächeln. Aber sie hörte nicht auf zu lächeln. Sie hörte einfach nicht auf zu lächeln. Da kam ein altes, abgemagertes Ehepaar und setzte sich neben meine Yogamatte auf den Turnhallenboden. Ich glaubte, ihre Knochen knacken zu hören, während sie sich langsam niederließen und ungeschickt sitzen blieben. Ich bot ihnen meine Yogamatte an. Sie waren so dünn, so fürchterlich dünn. Aber die Yogalehrerin schüttelte lächelnd und bestimmt den Kopf und sah mir in die Augen. Ich wusste, ich muss jetzt Yoga machen, anders komme ich hier nicht davon. Ich muss jetzt in die Kerze gehen, ich muss. Ich muss.
Also ging ich in die Kerze. Ich streckte meine Hüfte und meine Beine in die Höhe, immer weiter hinauf, ich atmete schwer und streckte mich, ich wusste, ich muss das jetzt gut machen, ich muss mich auf diese Yogaübung konzentrieren, ich muss lächeln, ich muss diese überfüllte Turnhalle um mich vergessen. Die anderen Yogafrauen vergessen sie schließlich auch. Und da vergaß ich alles um mich. Ich blieb in der Kerze, ganz gerade, und rührte mich nicht. Ich starrte auf meine Beine, wie sie in die Luft ragten, so ganz gerade, ganz steif. Nackt waren sie und sehr mager. Ich sah, wie langsam das Blut aus ihnen wich, wie die erste Zehe blau anlief, die zweite, bald schon meine Füße, die Knöchel, die Waden, alles wurde blau. Schleichend, aber unaufhaltbar, wich das Blut aus meinen Beinen, ich blieb in der Kerze, ich blieb in dieser perfekt ausgeführten Kerze, bis mir das Blut

aus den Ohren rann, gluckernd. Aber auch das brachte mich nicht aus dem Gleichgewicht. Ich ahnte nur, das alte Ehepaar neben mir musste längst in meiner Blutlache sitzen, die Yogalehrerin stand auch schon darin, aber es störte mich nicht, ich blieb und starrte auf meine Beine, und auf meinen tauben Fußsohlen balancierte ich einen Baucontainer, der gefüllt war mit Trümmern. Er hatte kein Gewicht. Ich balancierte ihn ganz mühelos. Ich dachte: Hätte ich mir nur die Kursgebühr fürs Yoga weiter leisten können, vielleicht wäre es nie so weit gekommen mit mir. Da kam ich ins Wanken, der Container kippte und die Trümmer prasselten mit ohrenbetäubendem Getöse auf mich herab.

Als ich aufwachte, spürte ich meine Füße nicht mehr, so kalt waren sie. Ich versuchte, tief einzuatmen, aber die Luft war so eisig, dass sie schon in meiner Nase stechend schmerzte. Ich atmete flach. Ich rappelte mich auf und begann, meine Füße zu kneten und sie sachte zu bewegen, so lange, bis ich sie wieder spürte. Dann stand ich auf.

Ich dachte: Wenn ich tatsächlich irgendwann wieder Geld übrig habe, werde ich es auf keinen Fall in glitzernden Zahnschmuck investieren. Es wäre auch eine vollkommen falsche Investition, denn ich würde es niemals schaffen, so zu lächeln, dass man meine Zähne sieht.

Ich ließ alles zurück, wie es war. Vielleicht würde jemand kommen, der in Not geraten war, und er würde alles so vorfinden. Vielleicht würde es mein Bruder sein. Er würde sich freuen. Er würde die Axt nehmen und

sich ein wenig Holz klein machen, er würde es in das Haus hineintragen und ein Feuer im Ofen anzünden. Er würde sich in die Gänsefederdecke wickeln und an die Wand gelehnt hinsetzen und durchatmen, denn er hätte viel Schlimmes erlebt und würde sich nun freuen, einfach hier gegen diese Wand gelehnt zu sitzen und durchzuatmen. Und die Wand würde halten. Sie würde schweigen, wie er, und sie schwiegen sehr lange und sie verstünden sich gut. Zum Teufel mit all den gut gemeinten Postkarten und den ehrlichen Briefen. In Wirklichkeit helfen sie nicht und es steht auch nie das drin, was man tatsächlich meint. Es sei denn, man schreibt einen Witz hinein. Zum Beispiel: Wo wohnt eine Katze?
Im Mietshaus.
Oder: Was ist der Unterschied zwischen meinem Bruder und einem Fremden?
Ein Fremder lacht manchmal.
Und warum lacht mein Bruder nie?
Weil es ihn nicht gibt. Nie gegeben hat.

Mir fiel erst im Gehen auf, dass ich mit meiner Wand nur sehr selten gelacht hatte. Ich wünschte dem neuen Bewohner meiner Notunterkunft von Herzen das Beste und, wenn er es aushält, ein wenig Humor.

Mein erster Weg führte zur Wohnberatung. Es schneite ein wenig. Es war kalt. Ich ging schnell.
Ich keuchte: Kriechender Günsel. Ausdauernd krautig.
Ich keuchte: Krisenfestigkeit. Vor einer Schule ging ich an einem Hochbeet vorbei. Das Holz, das das Beet umschloss, war bunt mit Herzen, Blumen und Namen

bemalt. In der Mitte des Beetes ragten 2 erfrorene Zucchinipflanzen aus der Erde, die Früchte ganz braun und verschrumpelt. Ich keuchte: Konflikte zulassen, Sachverständige befragen, Igel zählen und sie katalogisieren. Und ich danke Gott, oder wem immer, der sich den sozialen Wohnungsbau ausgedacht hat.
Huiiii, schrie ein Kind und warf einen winzigen Schneeball gegen eine Mauer.
Huiiii, keuchte ich. Ich dachte: Das klingt wie Amen. Das muss ich mir merken.
Ein Vater sagte verärgert: Du wolltest heute trotz Schnee mit dem Fahrrad fahren, also musst du jetzt auch fahren.
Das Kind schrie: Ich trau mich aber nicht mehr.
Die Mutter sagte: Dann schieb. Aber schnell jetzt, wir sind spät.
Ich las auf einem Plakat: Deradikalisierungshotline.
Ich las über einem Hauseingang: Fremdenzimmer.

Der Blindenstock eines alten Mannes, der an der Haltestelle stand, klemmte in der Tür einer Straßenbahn, die bereits anfuhr. Der Mann ließ den Stock los, öffnete den Mund, um etwas zu rufen, es kam aber kein Laut heraus. Sein Stock fuhr langsam mit der Straßenbahn davon. Eine Frau, die in der Straßenbahn saß, sah den Mann, der hilflos zurückblieb. Sie sprang auf und zog die Notbremse, hastete aus der Straßenbahn und gab dem Mann seinen Blindenstock wieder.
Ohne meinen Stock kann ich doch nicht sein, sagte er.
Ich dachte: Tiefgarage, Kinderspielplatz.
Ich dachte: Normalität. Standhaftigkeit. Staudenknöte-

rich. Man muss damit leben, auch wenn es eine Plage ist. Man kann Kompott daraus machen.
Ich spieb in einen Mistkübel.

Ich dachte: Notbremse. Auch dieses Wort könnte ich übersetzen.

Dann saß ich vor dem Herrn von der Wohnberatung. Auf seinem Schreibtisch stand ein kleiner Blumentopf, aus dem ein ganzes Büschel vierblättriger Klee wuchs. Ich wollte schon fragen: Essen Sie den noch? Aber ich hatte keine Stimme mehr.
Er sagte: Sie haben ein Riesenglück.
Da hatte ich bereits Schüttelfrost.
Er sagte: Genau zum richtigen Zeitpunkt. Gerade haben wir was Nigelnagelneues reinbekommen. Top Wohnungen. Sofort bezugsfähig.
Da hatte ich schon kalten Schweiß auf der Stirn.
Er sagte: Ich brauche nur Ihren ausgefüllten Antrag, die nötigen Unterlagen, Ihr Anspruch wird dann geprüft. Wenn alles passt, sollte es flutschen. Ein Riesenglück haben Sie.
Da wurde mir schwindelig.
Ich schob ihm meinen Papierstapel über den Schreibtisch. Ich schwieg.
Er fragte: War noch was?
Ich krächzte vorsichtig, so gut es ging: Wie lange dauern solche Dinge, wenn sie flutschen?
Er sah mich verständnislos an.
Ich krächzte: Ich komme aus einer Notunterkunft, es ist kalt, Sie verstehen. Es wäre wichtig, dass ich – verstehen

Sie das?
Da röchelte ich.
Er sagte: Ach so.
Er sagte: Achso.
Er sagte: Da ruf ich erst mal die Kollegin vom Sozialen. Die hilft Ihnen weiter.
Er sagte: Sie hören von mir.

Im Traum war ich Fleischerin. Ich stand vor einem toten Schwein, das an einem Haken von der Decke herunterhing. Ich schnitt das Schwein mit meiner Heckenschere auf. Es blutete nicht. Es floss Penicillin heraus. Ein dickflüssiger, zartrosafarbener Saft. Eine schöne, zartrosafarbene Pfütze bildete sich am Boden. Ich nahm einen Löffel und begann, die Pfütze vom Boden zu löffeln. Löffel für Löffel schlürfte ich das Penicillin in mich hinein. Es schmeckte ein wenig nach Erdbeeren. Es schmeckte auch ein wenig säuerlich. Es schmeckte mir ausgesprochen gut.

Jetzt sitze ich in meiner kleinen, weißen, neuen Wohnung auf der Fensterbank und schaue auf den Kinderspielplatz hinunter. Da sitzt ein Mädchen auf der Schaukel, es ist schon etwas älter und liest ein Buch auf Englisch: *What they want.*
Manchmal stelle ich mir vor, wie es wäre, wenn dort unten ein Bärenkäfig stünde. Manchmal stelle ich mir vor, ich ginge hinunter und zersägte das Klettergerüst.
Das Mobiltelefon des Mädchens klingelt. Das Mädchen hebt ab und sagt: They got me.
Auch ich habe mir schließlich ein Mobiltelefon angeschafft. Obwohl ich zuerst nicht wusste, wofür. Wen sollte ich anrufen?
Man muss mit der Zeit gehen, dachte ich. Man darf sich von ihr nicht abhängen lassen, man muss in Kontakt bleiben, sonst stirbt man.
Jetzt verfasse ich hin und wieder eine Kurznachricht und verschicke sie, ich weiß nicht, an wen. Ich las eine Nummer, die auf eine Hauswand gesprüht war, und merkte sie mir.

Ich tippe:
Es ist mir bis jetzt noch ein Rätsel, wie man es schafft, ein Kaffeehaus zu betreten und gleichzeitig zu telefonieren. Es ist mir ein Rätsel, warum jemand rote Schnürsenkel trägt.

Sie sind viel teurer als die schwarzen, braunen, grauen. Weil sie rot sind also?

In meinem Fensterrahmen hatte schon bei meinem Einzug eine Kreuzspinne ihr Netz gespannt, das in der Sonne glänzte. Ich öffnete das Fenster und beobachtete die Spinne eine Weile aus der Nähe, sie bewegte sich nicht. Ich sah mir ihr Netz ganz genau an. Ich sagte zu der Spinne: Dein Innovationspotential ist enorm. Deine Kundengewinnungsstrategie der Wahnsinn.
Die Spinne bewegte sich nicht.
Ich schloss das Fenster, ganz vorsichtig, damit ich sie nicht störte. Und hatte etwas Entscheidendes gelernt.

Ich rief die Wirtschaftskammer an und sagte: Ich brauche kein Gründertraining. Ich gehe lieber wieder regelmäßig zum Schwimmtraining. Wenn es sein muss, schwimme ich auch zum Gewerbeamt und hole mir dort eine echte Gewerbeberechtigung. Ich ahne, dass es eine verwandtschaftliche Beziehung zum echten Zunderschwamm gibt. Ich werde das bald schon beweisen.

Ich rief das Bundesministerium für Finanzen an und sagte: Ich möchte eine Steuernummer beantragen. Ich möchte von Controlling-Schulungen und Social-Media-Crash-Kursen meine Ruhe haben, da ich diese Wörter nicht einmal richtig übersetzen kann. Ich werde dieses Übersetzungsproblem akzeptieren müssen, denn ich werde es nicht mehr lösen. Ich weiß dafür, was es heißt, unter Umständen auch in einem Becken voller Finanzhaie zu schwimmen, und es rettet einen dann, auch wenn man jung und hübsch ist, kein Mann. Ich weiß, wie man eine einfache Einnahmen-Ausgaben-Rechnung macht. Wenn es sein muss, entrichte ich auch Abgaben dafür, dass ich im Warmen schlafen kann, von mir aus auch für jede einzelne Nacht.

Der Gang zum Gewerbeamt machte mir sogar Freude, denn ich stellte mir vor, ich hätte meinen toten Maulwurf dabei und legte ihn dem zuständigen Herrn auf den Tisch. Ich stellte mir vor, ich sagte: Sehen Sie, wenn die Maulwürfe sterben, dann stirbt auch der Traum von der Revolution. Und wenn der Traum von der Revolution stirbt, dann stirbt auch der Traum von einem stillen, kleinen Glück.
Stattdessen sagte ich: Ich möchte ein Gewerbe anmelden.
Der Herr war sehr freundlich. Es ging alles ganz problemlos und schnell.

Meine Steuernummer bekam ich schon nach wenigen Tagen per Post zugestellt. Der Postbote ist noch immer derselbe wie früher. Wir kennen uns, tun aber beide so, als hätten wir uns nie gekannt. Das ist schade, aber es gehört wohl dazu. Und Steuernummer, denke ich, das ist im Grunde doch auch ein zutiefst hoffnungsvolles Wort.

Ich hab noch 2 Leben, wie viel hast du noch? Fragt ein Bub im Hof unten einen anderen. Sie sitzen im Klettergerüst und tippen hastig auf ihren Mobiltelefonen herum. Starren gebannt auf die winzigen Bildschirme.
Der andere Bub sagt: Keins mehr. Nur das noch.

Er schaut nicht auf dabei.
Scheiße. Sagt der erste Bub, ebenfalls ohne aufzuschauen.
Schweigend tippen sie weiter.

Ich bin mittlerweile recht gut darin, alte Möbel und Haushaltsgeräte zu reparieren und wieder herzurichten. Meist sind das Auftragsarbeiten. Ich verkaufe aber auch Selbstgebautes, denn ich habe vor allem ein Gespür dafür bekommen, wie man aus Schrott und Trümmerteilen einfache Möbel und kleine Gebrauchsgegenstände wie Garderoben, Schlüsselbretter, Postkästen oder Lampen zusammenschustern kann. Ich flechte Körbe aus alten Leitungen und mache Kleiderbügel aus Scheibenwischern. Ich habe die Anleitung für ein Bett aus Bananenkartons entwickelt, die sich fast am besten verkauft.
Ich selbst besitze an Möbeln nur dieses Bett, 1 dreibeinigen Küchentisch, den ich im Straßengraben fand und dessen viertes Bein nun ein Besenstiel ist, und zum Sitzen einen alten Melkschemel, den ich aus Sentimentalität auf dem Flohmarkt erwarb. Des Weiteren kaufte ich dort:
1 Teller
1 Blechschüssel
1 Blechtasse
1 Gabel
1 Messer
1 Löffel
2 Töpfe mit Deckeln

Ich spannte gleich nach meinem Einzug 3 Wäscheleinen aus alten Kabeln quer durch meine Wohnung, weil ich denke, dass an Wäscheleinen wirklich viel hängt.

Meine Wohnung ist außerdem mit einigen Dingen ausgestattet, bei deren Betrachtung mir manchmal noch dieser Laut entweicht: Ach.
Es handelt sich dabei um:
1 Zentralheizung (4 Heizkörper, die lustig gluckern, wenn ich sie einschalte)
1 Fußboden aus Laminat, das zum Verwechseln aussieht wie richtiges Holz
3 Wasserhähne, aus denen zu jeder Tageszeit sauberes Wasser fließt, wenn ich sie aufdrehe (sogar warmes Wasser, wenn ich das will)
1 Badewanne, die ich noch nie benutzt habe (es scheint mir Wasserverschwendung zu sein, jedoch erfreut mich der Anblick der sauberen, geräumigen Wanne und ich denke, man könnte im Notfall Fische darin züchten, etwas anpflanzen, ein Tier schlachten und ausbluten lassen, Regenwasser anhand einer geeigneten Konstruktion durch das Fenster hereinleiten und darin sammeln)
1 Radiowecker, den ich kaufte, weil ich dachte, dass es dazugehört, einen zu haben (da ich morgens aber noch immer von allein aufwache, sobald es dämmert, habe ich die Weckfunktion schon nach wenigen Tagen wieder abgestellt)
1 Sicherungskasten, von dem aus frisch verlegte Elektroleitungen in mir unbekannter Anzahl verlaufen, durch die Strom fließt, den ich immer bezahlen kann

6 Lichtschalter und 11 Steckdosen, die tadellos funktionieren (Als Lichtquelle benutze ich aber noch immer größtenteils Kerzen, da ich das elektrische Licht nicht mehr gewohnt bin und es schwer ertrage. Meine Kerzen verwende ich ebenfalls sparsam, lasse sie nicht zu lange brennen und nur, wenn es absolut notwendig ist. Es ist daher ausschließlich richtig hell in meiner Wohnung, wenn es auch draußen hell ist, und es ist finster, wenn es draußen finster ist. Dahinter scheint mir eine Logik zu stecken, die der Sicherungskasten nur unnötig ins Wanken bringt. Ich warf ein Bettlaken darüber)

Seit ich mein Essen auf einem Holzofen erwärmte und von einem alten Stück Bodendiele aß, erscheinen mir diese Einbauküchen, von denen sich auch eine in meiner Wohnung befindet, etwas großspurig. Ich zwinge mich aber, sie bestmöglich zu nutzen, und gewöhne mich langsam daran.

Es ist meistens, auch wenn die Heizkörper nicht eingeschaltet sind, so warm in meiner Wohnung, dass es mir absurd erschiene, eine Gänsefederdecke zu benutzen. Ich besitze daher nur eine einfache Flickendecke. Auch die Verwendung eines Kopfpolsters läge mir mittlerweile fern.

Mein Kleiderschrank besteht ebenfalls aus Bananenkartons, meine Garderobe ist ein Nagel, den ich in die Wand schlug. Sie lässt sich bei Bedarf erweitern. Ich besitze nur das Nötigste an Kleidung, dafür aber alle Kleidungsstücke, die ich besitze, doppelt. So kann ich wechseln, wenn etwas schmutzig wird, ohne viel darüber nachdenken zu müssen.

Zum Kotzen, murmelt ein Mann im Hof vor sich hin. Einfach zum Kotzen. Er trägt einen verbogenen Scheibenwischer bei sich. Seit 20 Jahren fahr ich das Scheißauto jetzt, 20 Jahre und nichts gewesen, und jetzt machen mir das die Idioten hier kaputt.
Ich überlege, ob ich hinunterlaufen und ihn fragen soll, ob er mir den krummen Scheibenwischer überlässt. Ich bleibe aber auf meiner Fensterbank sitzen und betrachte das Spinnennetz.

Als ich zum ersten Mal den Knopf drückte, um meine Waschmaschine einzuschalten und das Wasser in sie hineinplätschern hörte, entwich mir ein lauter Schluchzer und ich begann unvermittelt und inbrünstig zu weinen.
Ich beruhigte mich erst, als die Maschine schon eine ganze Weile gleichmäßig brummte und surrte. Da setzte ich mich auf den Fußboden und lehnte mich mit dem Rücken dagegen. Sie vibrierte und schaukelte leicht, und ich wurde müde und still.
Vielleicht, dachte ich, ist es so, dass die Waschmaschinen die Kachelöfen von heute sind. Vielleicht, dachte ich, sitzt man neben ihnen, an den langen Abenden, lehnt sich an und liest ein wenig in den Büchern, die man auf Empfehlung kaufte oder geschenkt bekam, immer schon mal lesen wollte oder unbedingt gelesen haben sollte.
Ich besaß aber nur das »Handbuch der Betriebswirtschaft«.
Also las ich darin, weil ich noch lange nicht alles über die Betriebswirtschaft wusste:
ERFÜLLUNG – Eine durch Vertrag festgelegte Leistung

wird erbracht. Das Schuldverhältnis zwischen Schuldner und Gläubiger wird durch die Erbringung dieser Leistung aufgelöst. Das Allgemeine Bürgerliche Gesetzbuch (ABGB) sieht als Erfüllungsersatz auch die Annahme einer gleichwertigen Ersatzleistung sowie die Möglichkeit einer finanziellen Aufrechnung in Raten vor (§§ 902 ff. ABGB). Per Vertrag können, beispielsweise durch sogenannte Allgemeine Geschäftsbedingungen, die Erfüllungszeit und der Erfüllungsort festgelegt werden. Diese können jedoch auch per Gesetz vorgesehen sein. [...]

(Vgl. Blumenhower, Ernst: Handbuch der Betriebswirtschaft, 4. Auflage, Verlag K&K Seidl, München 1997)

In dieser Nacht schlief ich vor der Waschmaschine ein. Ich träumte, ich ginge in eine Buchhandlung, um das Allgemeine Bürgerliche Gesetzbuch zu kaufen. Als ich es aufschlug, bemerkte ich, dass die Paragraphen alle von Hand geschrieben waren. In einer unordentlichen, ausladenden Schrift. Ich dachte: Da kann ich es auch gleich selbst schreiben. Ich kaufte es nicht.
Am nächsten Morgen ging ich in ein Schreibwarengeschäft, erwarb einen Füllfederhalter und einen großen Vorrat an Büropapier.

Von den dinglichen Rechten:
§ 1. Außer Füllfederhalter und Büropapier, mittels derer ich nun diese Paragraphen verfasse, fiel mir für den Anfang nichts ein, was ich an Einrichtungsgegenständen oder anderen Dingen, die man in den Geschäften so kaufen kann, wirklich brauche.

§ 2. (1) Jede/r hat das Recht, in den Geschäften ausschließlich das zu kaufen, was sie/er wirklich braucht.
(2) Nicht alles, was man wirklich braucht, kann man in den Geschäften kaufen.
§ 3. Im Grunde ist es sehr wenig, was man wirklich braucht. Alles Weitere fällt unter den Begriff des sogenannten Komforts.
§ 4. (1) Komfort kann individuell verschieden definiert werden.
(2) Komfort bedeutet in meinem Falle a) 1 Waschmaschine, neben der ich an den langen Abenden sitzen und lesen kann,
b) 1 Fensterbank, auf der ich, wie jetzt, sitzen und in die Welt hinausschauen oder Paragraphen verfassen kann,
c) ordentliches Werkzeug.

Von meinen ersten größeren Einkünften schaffte ich mir daher vor allem ordentliches Werkzeug an, damit ich sauber und genau arbeiten kann. Was ich baue, muss halten. Ich baue immer öfter auf Bestellung, weil sich die Stabilität meiner Möbel schnell herumgesprochen hat. Ich bin auch sehr günstig, weil ich weder viel Werbung mache noch Materialkosten habe. Ich könnte ein Lied singen über das Low-Budget-Marketing. Aber ich singe nicht mehr so viel, seit ich wieder in einem Haus wohne, in dem ich Nachbarn habe.
Alle meine Aufträge erhielt ich bisher über eine kostenlose Kleinanzeige oder Mundpropaganda. Mit der Zeit bemerkte ich, dass andere Leute in meinem Alter ähnliche Dinge herstellen und es »Upcycling« oder »Kunst machen« nennen. Seit ich einen Maulwurf beerdigte

und mit einer selbst errichteten Wand kommunizierte, fühle ich mich den Leuten in meinem Alter jedoch ferner denn je. Das Wort Kunst will mir nicht so einfach über die Lippen kommen. Ich nenne es daher: kein Geld haben und praktisch denken müssen. Das scheint tatsächlich mehr Menschen zu interessieren, als ich immer dachte. Es scheint vielen zu gefallen, dass ich meine Rechnungen von Hand und mit Füllfeder schreibe und keine Mailadresse oder Webseite besitze. Ich bräuchte dazu einen Computer. Auch wenn ich den technischen Fortschritt nicht mehr vollkommen ablehne, so scheint mir ein Computer – zumal ich bis jetzt auch ohne ihn auskomme – sein Geld nicht recht wert.
Mein Unternehmen läuft gerade so gut, dass ich die Miete und die Sozialversicherung bezahlen kann. Wenn einer fragt, was ich mache, sage ich: Ich kümmere mich um Verlassenschaften. Da gibt es immer etwas zu tun.
Meist fragt aber keiner. Ich glaube, dass diese Frage wieder etwas aus der Mode gekommen ist, seit man Existenzgründerseminare kostenlos besuchen und Businesspläne professionell und kompakt erstellen kann. Mir ist es recht.

Ich tippe in mein Mobiltelefon:
Ich weiß, es fragt mich keiner danach, aber ich glaube, dass man jemanden küssen will, wenn man ihn liebt, dass man mit ihm schlafen will, und wenn man Glück hat, Kinder mit ihm kriegt. Ich glaube an Häuser, die stehen bleiben, und dass jeder ein Recht darauf hat, in einem solchen zu wohnen.

Mein Mobiltelefon piepst, ich bekomme eine Antwort:
Wer bist du? Pervers oda was?

Ich fing bald wieder an, Spaziergänge zu unternehmen, auf denen ich allerlei Dinge einsammle. Spaziergänge, die mittlerweile zu meinen Arbeitswegen geworden sind, zu meiner Aufgabe der bedingungslos zu erfüllenden Pflicht. Wenn jemand sagen würde: Bleib doch bei mir. Lass uns heute auf dem Sofa liegen und Filme schauen. Dann könnte ich wahrscheinlich nicht bleiben. Ich müsste weiter. Ich müsste sagen: Es ist so, dass ich gerne bei dir bleiben würde, dass ich aber doch nicht bei dir bleiben kann, weil du mich zum Bleiben nicht genug lieben kannst und weil ich eine Aufgabe in mir habe, die für eine glückliche Liebe zu wenig Platz übrig lässt.
Dann würde ich gehen und vielleicht würde jemand fragen: Wo gehst du hin und was wirst du tun? Ich würde antworten, würde antworten müssen: Ich muss fort und ich werde es wohl nie fertig bringen, auf einem Sofa zu liegen und Filme zu schauen, denn wenn die Flut kommt, dann saugt das Sofa sich als Erstes voll und geht unter, und wenn das Haus wieder über einem zusammenstürzt, dann ist das einer dieser spannenden Filme, bei denen man, während man sie sieht, eigentlich nicht hinschauen will. Deshalb muss ich nun gehen und mich am Wiederaufbau der Zuversicht beteiligen, ich muss fort und ich muss trümmern.
Ich gehe also umher und rufe: Nichts wegwerfen. Nichts wegwerfen. Nichts wegwerfen.
Das kann man noch gebrauchen, rufe ich, das kann man

noch gebrauchen, das ist ein Stück von etwas, das ist ein Anfang, auch wenn man es nicht sieht.
Ich rufe nur ganz leise, nur so, dass es gerade noch ein Rufen ist, das sich vom Flüstern abhebt. Und manchmal weiß ich nicht, ob ich wirklich rufe, ob ich nur denke, dass ich etwas rufe oder ob ich es träume. Es ist ein schmaler Grat, auf dem ich da spaziere. Aber das schult den Gleichgewichtssinn.

In der Tiefgarage bin ich noch kein einziges Mal gewesen. Sie erinnert mich zu sehr an das Loch.

Es gibt keinen Hausmeister, sondern ein Hausmeisterservice mit einer Hausmeisterservicehotline. Einmal traf ich im Treppenhaus einen jungen Mann, der dort sauber machte. Er sprach eine mir fremde Sprache, die ich nicht übersetzen konnte, und so nickten wir uns nur freundlich zu. Ich hätte mir gewünscht, ihn einmal wieder zu treffen, vielleicht hätten wir mit der Zeit eine Sprache entdeckt, die wir beide verstehen. Oder einfach eine erfunden. In der Woche darauf aber war es ein anderer Mann, der das Treppenhaus putzte, und in der Woche darauf war es wieder ein anderer, und in der Woche darauf war es eine ältere Frau. Es waren auch immer andere Wochentage, an denen geputzt wurde, ich verlor bald den Überblick. Ich überlege bis heute, die Servicehotline anzurufen. Aber ich weiß nicht, wie ich meine Frage genau formulieren soll. Vielleicht fällt es mir irgendwann ein.

Das Scheißsteak ist ja kohlrabenschwarz außen und innen noch roh. Schreit eine Frau im Hof ihren Mann an. Es gibt ein Grillfest.
Ich schaffe es nicht, hinunterzugehen und mich dazuzusetzen. Ich bleibe auf meiner Fensterbank sitzen und kann mich nicht rühren.

Ich habe durchaus versucht, den Kontakt zu meinem Schuster wieder aufzunehmen. Obwohl ich noch immer die meiste Zeit Gummistiefel trage. Ich fühle mich so sicher darin. Ich dachte: Er muss ja nichts reparieren, wenn er nicht will. Man kann ja auch reden. Oder zusammen schweigen. Nur dass man eben beisammen ist.
Aber mein Schuster war nicht mehr da. Seine Schuhmacherei ist nun ein Servicecenter, in dem 2 freundliche Damen hinter einer pinkfarbenen Kunststofftheke sitzen, bei denen man:
1. Kleidung zur Reinigung abgeben kann
2. Kleidung zur Änderungsschneiderei abgeben kann
3. Schuhe zur Reparatur abgeben kann
4. seine Schlüssel nachmachen lassen kann
5. Türschilder und Werbetafeln in Auftrag geben kann
6. Stempel herstellen lassen kann
7. Pakete abholen oder zum Versand abgeben kann
8. Kopien, Ausdrucke und Scans erstellen kann
9. im Internet surfen kann
10. günstig in Kriegsgebiete und andere ferne Länder telefonieren kann
11. Mobiltelefonguthaben erwerben oder sein Mobiltelefon zur Reparatur abgeben kann

12. Kaffee oder Latte Macchiato trinken und Süßigkeiten aus einem Automaten ziehen und aufessen kann.

Man kann das Servicecenter auch betreten und wie angewurzelt stehen bleiben. Man kann dort nichts sagen und vor Ratlosigkeit Löcher in die Luft starren. Man kann an seine verstorbenen Eltern denken und sich fragen, ob sie einen wohl gerade sehen. Man kann in der Nase bohren. Man kann sich überlegen, wie oft man in seinem Leben bereits OK gesagt hat, obwohl es nicht OK gewesen ist. Man kann sich den Sand aus den Augen reiben. Man kann sich vorstellen, wie es wäre, wenn man nie gelernt hätte, die Uhr zu lesen. Oder wie man durch die Löcher stiege, die man in die Luft starrt, sobald sie groß genug sind, und dann wäre man endlich nicht mehr so ratlos. Bis dahin aber kann man stehen bleiben. Auf einem Bein oder auf zweien. Bis dahin kann man schweigen. Auch dafür ist ein Servicecenter der richtige Ort.

Ich stellte mir vor, dass die beiden Damen die Töchter des Schusters sind. Ich dachte, er ist vielleicht sehr krank, und es wäre ihnen unangenehm, über seinen schlechten Zustand befragt zu werden. Also fragte ich nicht nach ihm. Ich dachte: Vermutlich haben sie zu allem Elend auch noch eine anstrengende Phase der beruflichen Neuorientierung hinter sich und finanzieren das alles hier ausschließlich über den Existenzgründerzuschuss.
Ich dachte: Man muss sie jetzt unterstützen in dieser schweren Zeit.
Ich überlegte:

1. Meine Kleidung reinigen zu lassen, das käme in Frage, auch wenn ich eine Waschmaschine besitze.
2. Meine Kleidung ändern zu lassen, erscheint mir hingegen wirklich sinnlos, denn sie passt.
3. Schuhe für die Reparatur habe ich keine, denn ich trage ja meistens Gummistiefel.
4. Einen Schlüssel zum Nachmachen habe ich nicht, denn anstatt eines Schlüssels für meine Wohnung besitze ich nun eine Plastikkarte mit einem Chip, die man elektronisch suchen lassen kann, wenn man sie verliert.
5. Ein Türschild besitze ich bereits, ich fertigte es selbst an (ritzte mit einem Nagel in ein altes Stück Bodendiele). Die meisten meiner Kunden sagten: Das ist die originellste Werbung, die ich je gesehen habe. Oder: Total Vintage. Oder etwas Ähnliches.
6. Einen Stempel besitze ich ebenfalls bereits: meinen Fingerabdruck. Mir fällt sonst nichts ein, was ich stempeln könnte.
7. Ein Paket habe ich vermutlich keines bekommen und wüsste auch nicht, wem ich eines schicken könnte, geschweige denn was ich hineintun würde. Darüber müsste ich länger nachdenken, das entscheidet man nicht so schnell.
8. Zu kopieren, auszudrucken oder zu scannen habe ich, da ich ja alles von Hand schreibe, im Moment ebenfalls nichts.
9. Vor dem Internet fürchte ich mich. Fast genau so sehr wie vor der Flut.
10. Ich habe bereits mit meinem Mobiltelefon versucht, in einem Kriegsgebiet anzurufen. Es hob aber niemand ab. In anderen fernen Ländern brauche ich es gar nicht

erst zu versuchen, denn aus den meisten der Sprachen, die dort gesprochen werden, kann ich kein Wort übersetzen.
11. Mobiltelefonguthaben habe ich gleich zu Beginn für den Notfall auf Vorrat gekauft. Da mein Mobiltelefon bis jetzt hervorragend funktioniert, gibt es auch nichts daran zu reparieren.

Ich sagte also: Einen Kaffee bitte.
Eine der Damen sagte: Wir haben auch Latte Macchiato.
Ich sagte: Nein, danke. Einen Kaffee.
Ich sagte nicht, dass mir der Begriff Latte Macchiato unheimlich ist. Ich sagte nicht: Ich bin seit jeher unfähig, einen zu bestellen, in diesem Punkt sind meine Zweifel einfach noch zu groß.
Ich warf eine Münze in den Süßigkeitenautomaten, zog eine Tafel Schokolade heraus, öffnete die Verpackung und steckte mir schnell ein Stück in den Mund. Es war ein wenig zu groß, meine Wangen beulten sich nach außen. Ich wollte das Schokoladenstück aber auch nicht wieder ausspucken. Ich fragte mit vollem Mund: Möchten Sie?
Und streckte den beiden Damen die geöffnete Packung entgegen.
Sie sagten fast synchron: Oh nein, danke.
Die eine schob mir meinen Kaffee über die Theke. Eine hohe, pinkfarbene Tasse. Ich legte die Schokolade hin und umklammerte die Tasse schnell mit beiden Händen. Sie war schön warm.
Ich trank einen Schluck. Noch immer hatte ich das viel zu große Schokoladenstück im Mund, es schmolz nun

ein wenig. Ich schloss die Augen, kaute und schluckte sehr langsam. Es schmeckte herrlich. Die beiden Damen starrten mich an. Nicht unfreundlich. Eher verwundert. Ich muss etwas sagen, dachte ich.
Ich sagte: Meine Großmutter sagte zuletzt: Ich werde auf keinen Fall meine Strickjacke hergeben. Auf keinen Fall gebe ich meine Strickjacke her, sagte sie. Nur einmal, fügte sie hinzu, da hätte ich sogar meine Strickjacke hergegeben, für ein Stück Schokolade. Das war im Winter nach dem Krieg. Der Ami wollte die Strickjacke aber nicht. Der wollte was anderes.
Die beiden Damen schwiegen.
Ich schwieg auch. Ich trank meinen Kaffee aus und steckte die restliche Schokolade in die Manteltasche.
Ich sagte: Entschuldigung. Ich wollte Sie nicht auch noch mit den Sorgen meiner Großmutter belasten, wo Sie es sicher gerade nicht leicht haben.
Die beiden Damen sahen mich ratlos an.
Ich sagte: Ich hätte da noch Kleidung, die gereinigt werden müsste. Mit meiner Aschenlauge komm ich da nicht weiter. Darf ich Ihnen die vorbeibringen?
Eine der Damen sagte: Aber jederzeit. Haben durchgehend geöffnet. Freitags sogar bis 22 Uhr.
Ich bezahlte den Kaffee und ging.
Draußen dachte ich: Ich liebe Servicecenter, in denen man auf so wenig Raum so viele Möglichkeiten hat, und ich liebe pinkfarbene Kunststofftheken, die auf keinen Fall gemütlich sind.
Das war mein erster und einziger Besuch im Servicecenter. Wenn mein Schuster irgendwann stirbt, dann will ich das lieber nicht erfahren. Ich will dann nicht in

die verweinten Augen seiner Töchter sehen und ihnen meine schmutzige Wäsche dalassen. Sie sollen ordentlich trauern dürfen. Das ist das Mindeste.

Ich ging auch noch einmal in den Baumarkt. Ich ging ins Büro des Filialleiters und sagte: Ich habe jetzt eine Wohnung und ich denke nun gezielt an Kinder. Ich habe eine Tiefgarage und einen Spielplatz. Mein Bruder ist wahrscheinlich in einem der Kriege, von denen wir hier nichts mitbekommen, und aus denen kehrt nur selten einer heim. So stelle ich mir das jedenfalls vor, weil es einfacher ist, als sich das Nichts vorzustellen.
Ich sagte: Also nun.
Der Filialleiter sagte: Ich habe nichts gegen ein Nümmerchen, aber ich sage es gleich, es gibt von mir keinen Unterhalt und auch keine Besuche.
Er lachte.
Also versuchten wir in seinem Büro ein Kind zu machen. Es machte nicht sehr viel Spaß und es wurde auch kein Kind daraus. Ich wollte es eben wenigstens versucht haben.

Ich schreibe einen abschließenden Brief an meine Tante:

Liebe Tante,
da Du mir auf meine letzten Zeilen nicht geantwortet hast, gehe ich davon aus, dass Du entweder:
1. noch eingeschnappt bist wegen der Schwimmflügel oder
2. im Urlaub bist.

Dabei fällt mir ein, dass Du auch mich einmal in den Schulferien mit in den Urlaub nehmen wolltest. Ich hatte fast vergessen, dass ich damals 9 Stunden lang in Deinem Auto auf der Rückbank saß und während der ganzen Fahrt nach Sizilien weinte. Ich habe schon zu weinen begonnen, nachdem Du mich zu Hause abgeholt hast, weil ich nämlich auf der Stelle furchtbares Heimweh bekam. Das Heimweh wurde dann mit jedem Kilometer, den wir fuhren, immer nur noch schlimmer und ich konnte einfach nicht mehr aufhören zu weinen. Ich hatte auch fast schon vergessen, dass ich am Abend, als wir ankamen, nicht einmal meine Pasta essen konnte, die eigentlich aus Nudeln bestand, aber Du nanntest es Pasta. Ich brachte keinen Bissen davon runter, weil ich noch immer weinte und unter Übelkeit, Bauchschmerzen, Herzrasen und Appetitlosigkeit litt. Ich weinte auch die ganze Nacht, die eine kurze wurde, weil Du bei meinem Geheule nicht schlafen konntest, sodass Du mich in der ersten Morgendämmerung wieder ins Auto gesetzt hast und die 9 Stunden mit mir zurückgefahren bist, während ich weiter weinte.
Mir fällt erst jetzt wieder ein, dass ich erst aufhörte, zu weinen, als Du mir vor unserem Haus die Autotür geöffnet hast, ich ausstieg und Du sagtest: Dann kann ich die Kindersicherung ja jetzt wieder rausnehmen.
Ich habe dann gleich 3 Wurstsemmeln gegessen und durfte anschließend im Bett meiner Großmutter schlafen, solange ich wollte. Danach hast Du mir nie wieder eine Postkarte aus dem Urlaub geschickt. Und auch ich lasse es dann wohl besser hiermit auf sich beruhen.

Django, was soll der Blödsinn. Fragt eine Frau im Hof ihren Hund. Er hat sich an der Schaukel festgebissen. Die Frau zerrt an seiner Leine. Der Hund lässt nicht ab von der Schaukel. Er knurrt.

Ich tippe in mein Mobiltelefon:
Ich glaube, dass man im Notfall alles isst, sogar Hunde, die Django heißen. Dass man im Notfall, noch vor den Namen seiner Verwandten und Freunde, die Namen der Tiere vergisst.

Mein Mobiltelefon piepst, ich bekomme eine Antwort:
#WTF

Ich habe keine Ahnung, was gemeint ist, aber das ist mir zum ersten Mal seit langer Zeit egal. Es piepst, es ist eine Antwort, eine Reaktion, und ich beginne, einen Sinn zu sehen in dieser neuen Art der Kommunikation.

POSTSKRIPTUM

Von den Rechten, welche sich auf persönliche Eigenschaften und Verhältnisse beziehen (Anm. d. Verf.: Jeder der folgenden Paragraphen tritt nur manchmal in Kraft):

§ 1. Manchmal gehe ich ins Schwimmbad und flüstere: Arschbombe.
Ich traue mich aber doch nie, eine zu machen, und gleite mit einem Kopfsprung ins Wasser. Ich schwimme dann ziemlich genau eine Stunde lang konzentriert und sehr zügig hin und her. In Gedanken singe ich dabei die Hymne an den Beton: Man kann ihn nicht essen, aber er hilft beim Vergessen. Er kennt weder Angst noch Inflation, er ist der Zukunft verlässlichster Sohn.
Danach fühle ich mich sehr erschöpft, schleppe mich zurück in meine Wohnung und schlafe dort lange, traumlos und tief.

§ 2. Manchmal finde ich alte Fenster, von denen ich mir bereits eine Sammlung angelegt habe. Jedes hat einen Namen: das Baumfenster, das Hollerfenster, das Himmelfenster, das Ziegelfenster, das Feldfenster, das sattgrüne Wiesenfenster. Je nachdem, was davor zu sehen sein wird, wenn ich sie irgendwann wieder irgendwo einbaue. Nichts als ein Baum, nichts als Holler, nichts als Himmel, nichts als Ziegel, nichts als Feld, nichts als eine große, sattgrüne Wiese.

§ 3. Manchmal sage ich zu meinem Steuerberater: Zikaden, Zikaden, Zikaden.
Er lacht dann und antwortet: Einnahmen, Ausgaben, Abgaben.
Kürzlich sagte er: Aber im Ernst – wie Sie das machen mit dem bisschen Geld, das ist mir wirklich ein Rätsel. Was Sie dieses Jahr verdient haben, das brauch ich monatlich für meine Kinder.
Ich antwortete: Mir fällt nichts ein, was ich meinen Kindern kaufen könnte. Sie brauchen so verschwindend wenig, dass ich manchmal denke: Wenn sie noch weniger brauchen, sind sie nicht mehr da.

§ 4. Manchmal finde ich kleine Zettel auf der Straße, auf denen Einkaufslisten notiert sind. Oder Arzttermine. Ich hebe sie dann auf und stecke sie zu Hause mit kleinen Nadeln auf meine weiße Wand. Lauter schöne, bunte, tote Schmetterlinge.

§ 5. Manchmal kommen Kunden in meine Wohnung. Ein Kunde sagte mir unlängst, nachdem er sich ein wenig umgesehen hatte: Ihr Handbuch der Betriebswirtschaft ist ja total veraltet. Sie sollten sich ein neues zulegen.
Ich kaufte mir einen Naturführer, weil ich feststellte: Es steht das Gleiche darin. Es hat nur jemand anders übersetzt.
Manchmal vertiefe ich mich darin, und finde nur schwer wieder heraus.

§ 6. Manchmal, wenn meine Arbeitswege weit reichen und ich bis an den Stadtrand gelange, entdecke ich hinter den letzten Häusern, wo das Brachland beginnt, Hochsitze. Hohe, hölzerne Gebilde, manchmal etwas windschief, und jeder Hochsitz ist ein wenig anders konstruiert. Ich erklimme sie, alle, um ein paar Minuten oben zu sitzen. Nur so. Ich führe eine Strichliste über die Anzahl dieser Hochsitze und erfreue mich sehr daran, dass sie stetig wächst.

§ 7. Manchmal steige ich in einen der gläsernen Aufzüge in diesen hohen Häusern. Dann fahre ich hinauf und hinunter, hinauf und hinunter. Ich öffne und schließe den Mund dabei, ohne Laute von mir zu geben. Wie ein Fisch. Wie ein ertrinkender Fisch, denke ich dann. Ich wünschte, ich könnte für immer mit diesem gläsernen Aufzug hinauf und hinunter fahren. Und wenn ich es irgendwann schaffe, das Wort Hobby auszusprechen, ohne Herzrasen zu bekommen, dann kann ich das Benutzen gläserner Aufzüge wohl als ein solches bezeichnen.

§ 8. Manchmal besuche ich ein Einkaufszentrum. Ein gewaltiges Gebäude in Form eines riesigen Schiffes, Dutzende Geschäfte darin. Ich spaziere hindurch und streue dabei eine Spur aus Brotkrumen, die vorbei an Schaufenstern, Eisverkäufern, blinkenden Automaten, Popcornmaschinen und Kunststoffpalmen, über Rolltreppen, Notausgänge und schließlich über die versteckten Flure bis auf das Dach hinaufführt. Ins Freie. Es ist ein flaches, großes Dach, gleich einem Deck. Es weht dort oben immer ein sehr schöner Wind.

§ 9. Manchmal halte ich nachts noch eine Axt im Arm.

§ 10. Manchmal rezitiere ich:
ECHTER ZUNDERSCHWAMM – Fomes fomentarius, Familie: Porlinge, (Polyporaceae). Unverkennbar durch die bräunlichen bis aschfarbenen, wulstig wachsenden, konzentrischen Jahresringe an der Oberseite. Hat helle, gelbliche Ränder und eine schmutzweiße oder graubraune Unterseite. Der echte Zunderschwamm findet sich vorwiegend an Rotbuchen und Birken. Flexibler Rohstoff u. a. für die Herstellung von Kleidungstücken oder Bucheinbänden, auch bei der Wundbehandlung zu verwenden. Er wurde in früheren Zeiten aber vor allem als Feuerschwamm gehandelt. Dafür schnitt man sein Inneres in Scheiben und trocknete ihn, versetzte die Scheiben mit Kalilauge, kochte sie weich, klopfte sie ausgiebig und trocknete sie erneut.
(Vgl. Schöffel, Heinz: Die Natur unserer Heimat – Pflanzen und Tiere unter der Lupe, 3. Auflage, Hochbuch Verlag, München 2008)

§ 11. Manchmal kaufe ich einen Eimer weiße Farbe und suche nach Flächen, die ich weiß streichen kann. Ich streiche diese Flächen. Anschließend gehe ich tage- und wochenlang wieder und wieder daran vorbei, um mir die fortschreitende Verschmutzung anzusehen.

§ 12. Manchmal rezitiere ich:
HAUBENLERCHE – Galerida cristata, Familie: Lerchen (Alaudidae), Ordnung: Sperlingsvögel (Passeriformes). Lebt in Europa, nicht aber in Nordeuropa und auf den

Britischen Inseln. Es handelt sich um eine stark gefährdete und daher gesetzlich geschützte Art: Haubenlerchen dürfen nicht gejagt, gefangen oder getötet werden. Auch ihre Eier, ihre Nester und sonstige Brutstätten sind durch das Gesetz geschützt. Nicht alle Haubenlerchen verlassen das Brutgebiet im Winter (Teilzieher). Größe: etwa sperlingsgroß, bis 17 cm. Das Federkleid ist rotbraun, die Brust ist milchweiß und es befinden sich meist dunklere Schaftflecken darauf. Besonderes Merkmal ist die kecke Federhaube auf dem Kopf. Die Haubenlerche fliegt meist nur kurz auf, trippelt dafür schnell, flattert ganz dicht über der Straße dahin und schwingt sich nur selten in Büsche und Bäume hinauf. Pärchen sind sich ein Leben lang treu und halten zusammen. Haubenlerchen beginnen im März zu singen und bauen ihre sehr einfachen Nester vorzugsweise im Brachland, unter niedrigen Feldbüschen oder in Grasbüscheln, manchmal auch in Ackerfurchen. Die Jungen brauchen 13 Tage, um zu schlüpfen, sind beflaumt und benötigen weitere 13 Tage, um flügge zu werden.

(Vgl. Schöffel, Heinz: Die Natur unserer Heimat – Pflanzen und Tiere unter der Lupe, 3. Auflage, Hochbuch Verlag, München 2008)

§ 13. Manchmal verstecke ich mich hinter Broschüren. Vor Kurzem zum Beispiel, als ich in der Straßenbahn saß und bemerkte, dass 3 junge Männer immer wieder auf meine Gummistiefel schauten, sich dann etwas zuflüsterten und dabei sehr laut lachten, da griff ich neben mich und nahm eine rettende Broschüre in die Hand: *Wegweiser für Flüchtlinge. Erste Schritte im neuen Land.* Ich hielt mir die Broschüre vor das Gesicht und war einfach weg. Ich habe sie dann auch mit nach Hause genommen. Man kann ja nie wissen.

§ 14. Manchmal tippe ich in mein Mobiltelefon:
ANLEITUNG ZUR INTEGRATION:
1. INTEGRIERT DENKEN
2. INTEGRIERT HANDELN
3. INTEGRIERT TRÄUMEN
Ich schicke die Nachricht nie ab, sondern speichere sie unter »Entwürfe«. Ich frage mich, wie oft man sie speichern kann, bis der Speicherplatz voll ist.

§ 15. Manchmal versuche ich im Traum, alle meine Wege im Quadrat zu gehen. Es ist nicht sehr zeitsparend, es ist herrlich umständlich, es erfordert aufwendig viel Konzentration auf das Gehen. Es erschwert und verlängert alles. Ich träume das gerne.
Ich versuche auch manchmal, quadratisch zu denken im Traum. Dann habe ich aber meist Kopfschmerzen, wenn ich aufwache.
Ich meide die Kreise. Im Traum und in der Wirklichkeit. So gut es nur geht.

§ 16. Manchmal öffnet der Mann, der im Erdgeschoss wohnt, sein Fenster und brüllt in den Hof: Ich bin ein Nazi und das kann jeder wissen.
Es ist der Verrückte, der damals auf dem Flohmarkt meinen Wehrmachtshelm gekauft hat. Ich habe ihn sofort wiedererkannt. Er mich nicht, denn er ist meistens betrunken. Manchmal hört er englische Musik am offenen Fenster und singt in gebrochenem Englisch mit.

Ich denke dann immer darüber nach, ihm die Texte einmal zu übersetzen, damit er sie besser mitsingen kann. Manchmal hört er elektronische Musik, ganz ohne Text, und gibt hin und wieder ein zustimmendes Grunzen von sich.

§ 17. Manchmal hacke ich, nur so zum Spaß, vor seinem Fenster im Hof ein wenig Holz. Ich trage es dann in meine Wohnung hinauf und staple es vor meiner weißen Wand.

§ 18. Manchmal esse ich einen Meisenknödel.

§ 19. Manchmal schreibe ich ein Wort in den Staub.

§ 20. Manchmal habe ich das Gefühl: Ich führe auch einen Krieg. Aber mein Krieg ist ein ganz kleiner und dauert meistens nur ein Wort lang, das alles widerlegt.

§ 21. Augentrost.

§ 22. Wegwarte.

§ 23. Waldehrenpreis.

§ 24. Borretsch.

§ 25. Manchmal habe ich das Gefühl, etwas verstanden zu haben. Ich sehe mich aber bis jetzt nicht in der Lage, einen Ratgeber zu schreiben.

§ 26. Manchmal bringe ich von meinen Spaziergängen ein wenig Fallobst mit nach Hause. Ich verteile es dann überall in der Wohnung, schaue es mir tagelang immer wieder an, und will es kaum essen, weil es so schön ausschaut.

§ 27. Manchmal spreche ich noch ganz leise mit meiner Großmutter oder mit dem Kind, das ich nicht habe. Aber das wird schnell langweilig, da ja nie eine Antwort kommt. So konzentriere ich mich auf meine Kundengespräche und versuche, mir gelegentlich einen Witz zu merken.
Zum Beispiel: Was ist weiß und läuft über das Feld?
Ein Maulwurf im Nachthemd.

§ 28. Manchmal denke ich: Ich könnte mir eine Katze besorgen. Aber sie täte mir leid. Ich brächte es auch nicht fertig, ihr einen Namen zu geben, den ich dann im Notfall so schnell wieder vergessen würde, bevor ich sie esse.

§ 29. Manchmal lasse ich tagelang das Fenster geöffnet und bringe es einfach nicht fertig, es wieder zu schließen. Einmal hüpfte eine Zikade herein, da kaufte ich zur Feier des Tages eine Flasche Sekt.

§ 30. Manchmal stelle ich mir vor, es würde jemand an meine Tür klopfen, der kein Kunde ist. Einmal klopfte tatsächlich jemand anderes. Es war die Nachbarin, die sagte: Wenn Sie ein Kind haben, können Sie es in den Hof schicken. Es kommt heute ein Clown von der Wohnbaugesellschaft.

Ich sagte: Ich habe kein Kind und das macht mich oft traurig. Ich liebe Kinder, wissen Sie, auch wenn ich sie oft nicht leiden kann. Aber das gehört wohl dazu.
Kurz war sie sprachlos, dann sagte sie: Ich habe 4 Kinder, gewünscht hab ich die mir nicht. Die 3 Väter sind auch weg, aber das ist mir nur recht. Wissen Sie, mir würde heute wirklich was Besseres einfallen. Aber was soll's. Seien Sie bloß froh, dass Sie allein sind. Da hat man seine Ruhe. Und wenn Sie mal einen Hugo trinken wollen, einfach klopfen.

§ 31. Manchmal frage ich mich noch, was genau eigentlich ein Hugo ist.

§ 32. Manchmal, wenn es mir zu still wird, schalte ich das Radio ein. Einmal sagte der Radiosprecher: Zwischen den Häusern stehen ein paar magere Ziegen. Die einzigen Tiere, die die Flut überlebt haben. Die Bevölkerung hat wochenlang unter freiem Himmel gelebt.
Die Bevölkerung hat wochenlang unter freiem Himmel gelebt, sage ich nun manchmal, ganz leise, und zähle die mageren Ziegen.

§ 33. Manchmal, wenn ich das Gefühl habe, den Überblick zu verlieren, notiere ich mir Straßennamen. Einmal entdeckte ich eine Straße mit dem Namen »Neue Sorge«. Ich stieg in einen Bus ein und schrieb es auf die Rückseite der Busfahrkarte. Meine verwackelte Schrift glich zum Verwechseln der Schrift meiner Großmutter. An diesem Tag kaufte ich Wurst.

§ 34. Manchmal, im Winter, sehr früh am Morgen, wenn es wolkenlos ist, da scheint die erste Sonne so schräg in meine Wohnung, ganz schwach nur, und das ist so ein besonderes Licht dann, fast grünlich, und da denke ich immer: Das ist so ein Moment jetzt, so ein schöner, da kann ich, ganz kurz nur, den Wald vor lauter Räumen sehen.

Danksagung

Die Arbeit an diesem Buch wurde gefördert von der Kulturstiftung des Freistaates Sachsen, der Abteilung Kunst und Kultur des Bundeskanzleramtes Österreich und dem Land Niederösterreich. Hiermit möchte ich mich für die Unterstützung bedanken.
Mein Dank gilt außerdem Familie Kiss/At Home Gallery/ Šamorín und natürlich meiner Familie.

Zitate

S. 30 »Ich will in den Tautropfen hinuntersinken und mich mit der letzten Asche vermischen.«
In Anlehnung an Novalis »Hymnen an die Nacht«

S. 38 »Ein kleines Häuserl ist meine Heimat …«
Maria Andergast »Mein kleines Häuserl«

S. 83 »Oh süße Freudigkeit«
Ludwig Tieck »Waldeinsamkeit«

S. 84 »Kein Feuer, keine Kohle kann brennen so heiß …«
Volkslied aus Schlesien

S. 95 »Baby, bitte mach dir nie mehr Sorgen um Geld …«
Cro »Einmal um die Welt«

S. 95 »Tonight's gonna be a good night …«
Black Eyed Peas »I Gotta Feeling«

S. 96 »And you're singing the songs thinking this is the life …«
Amy Macdonald »This Is The Life«

S. 104 »O Täler weit, o Höhen …«
Joseph Freiherr von Eichendorff »Abschied«

S. 122 »Da draußen, stets betrogen, saust die geschäft'ge Welt …«
Joseph Freiherr von Eichendorff »Abschied«

S. 138 »von ihrer Erinnerung moosigem Denkmal«
In Anlehnung an Novalis »Hymnen an die Nacht«

Literatur bei Kremayr & Scheriau

Iris Blauensteiner
Kopfzecke

Ein berührender Roman über den Abschied einer Tochter von ihrer demenzkranken Mutter

176 Seiten | ISBN 978-3-218-01044-3 | 19,90€

Marianne Jungmaier
Sommernomaden

Magische Geschichten über Helden und Freigeister – aus Brasilien, Island, Indien u.v.m.

192 Seiten mit Fotografien
ISBN 978-3-218-01046-7 | 19,90€

Irmgard Fuchs
Wir zerschneiden die Schwerkraft

Poetische und schräge Geschichten vom Zweifel an der Welt und an der eigenen Daseinsberechtigung

208 Seiten | ISBN 978-3-218-00990-4 | 19,90€